桥

桦 之◎著

中国财富出版社

图书在版编目（CIP）数据

桥 / 桦之著．—北京：中国财富出版社，2019.12

ISBN 978 - 7 - 5047 - 5979 - 5

Ⅰ．①桥…　Ⅱ．①桦…　Ⅲ．①长篇小说 - 中国 - 当代　Ⅳ．①I247.5

中国版本图书馆 CIP 数据核字（2019）第 290583 号

策划编辑　郝婧婕　　**责任编辑**　齐惠民　李小红

责任印制　梁　凡　　**责任校对**　刘瑞彩　　**责任发行**　董　倩

出版发行　中国财富出版社

社　　址　北京市丰台区南四环西路 188 号 5 区 20 楼　　**邮政编码**　100070

电　　话　010 - 52227588 转 2098（发行部）　010 - 52227588 转 321（总编室）

010 - 52227588 转 100（读者服务部）　010 - 52227588 转 305（质检部）

网　　址　http://www.cfpress.com.cn

经　　销　新华书店

印　　刷　北京京都六环印刷厂

书　　号　ISBN 978 - 7 - 5047 - 5979 - 5/I · 0309

开　　本　635mm × 880mm　1/16　　**版　　次**　2020 年 1 月第 1 版

印　　张　18.5　　**印　　次**　2020 年 1 月第 1 次印刷

字　　数　258 千字　　**定　　价**　48.00 元

序

两年前，同事小杨跑过来，激动地跟我说：“茂哥，茂哥，我给你介绍个大美女，确切地说，是个美女作家。”当时，我并没有放在心上，再加上手头事务繁忙，一直没能见见这位女作家。

一个星期天的下午，我和几个朋友正在皇城根一个老房子里斗茶。我们正有说有笑，聊得开心，突然，门开了，小杨说的美女作家意外地出现在我们面前。她手中捧着两本书，就好像捧着心爱的宝贝。

果然如小杨所说，女作家很年轻，有一种难得的文艺气质。

和她闲聊的过程中，我发现她对当前的社会问题有自己独特的见解，敢于表达自己的想法。她的娓娓道来，给我留下了深刻的印象。

那天晚上，我带着好奇的心情翻看她的小说。

那是我第一次看言情悬疑小说，因为在这之前，对于这类题材的小说，我不是很待见，总觉得过于执着于小情小爱，少些恢宏的东西，也难以影响社会。可是，看了她的作品，我对言情悬疑小说有了全新的认知。

通过作品，不难看出，她懂生活，爱生活，有情调，笔头老辣，主题精准，如《隅》中的阿玉婶，一个普通的农村阿婶，哪怕走在田间地头，也要展现优美的身姿；不管承受多少流言蜚语，也要勇敢地追求属于她自己的精神世界。

她作品中的其他角色也总是丰润饱满，生动可人。

从那时候起，我开始相信，这位中国年轻女作家也能写出影响时代的好故事。

她尤其擅长从生活细节中发现社会大背景，书写社会大文章。

她的这座“桥”将活灵活现地展现在读者面前。

看完书稿后，我愉快地为她的新书作序，这也是我第一次公开向读者献丑。

她的《桥》让我想起了久经沧桑却依然傲然挺立的赵州桥，想起了在长征路上浴火重生的泸定桥，想起了茅以升为人民而建又为人民而炸的钱塘江大桥，想起了毛主席笔下“一桥飞架南北，天堑变通途”的武汉长江大桥，又想起了新时代的港珠澳跨海大桥……

然而，在她的书中，她展现给我的却是她家乡的优美廊桥。此桥非彼桥，此桥是彼桥。

中国的桥千千万万，让她心心念念的却是她家乡的小桥。

大桥托起小桥，小桥美化大桥，这不正是我们走向伟大复兴的中国梦的中国桥吗?

由于本人水平有限，无法用文字来表达她《桥》的内心世界，望读者走进她的新作，了解她的《桥》的美妙。

叶茂

2019 年寒冬于南池子大街

目　录

第一章 归桥

1

再次踏上泗水廊桥的桥阶，月白热泪盈眶。这个儿时记忆里最鲜活的景物，又一次进入他的视线，搅动他的记忆。

桥阶越往上，坡度就越大，他用力地往上爬，有一种在攀登一座陡峭高山的错觉。每爬几步，他就停下来，透过桥窗看向远处，像是在追忆往昔，又像是在探秘未来。走到廊屋的最中央，他双手把着桥栏，低头看着桥下蓝绿色的溪水，陷入了沉思。川字纹像三道沉默的伤疤，刻在他饱满的天庭上。

“这桥可真带劲儿，没有桥墩也不会塌，简直鬼斧神工啊！怎么做到的？”

月白显然已经暂时忘记了在一旁不停拍照的好哥们儿天青。

“看什么呢？”天青三步并作两步，快速走到月白身后，一掌拍在他肩上。

月白被吓了一跳，转过身，低下头，像是在故意逃避天青的目光，不过还是被天青逮个正着：

“你又哭了？我的天哪，奔四的大老爷们儿了，还动不动掉眼泪，不嫌臊得慌？”

“流泪是本爷的自由，谁爱嫌谁嫌。”月白笑了。就在他嘴角上扬的那一刻，在他眼中打转了许久的眼泪，终于掉出眼眶，滑到脸颊上。

“别动，我给你来个特写!”天青一个弯腰，支起相机，瞬间摆好了拍照姿势。

“你这是要黑我，我才不拍呢!”月白伸手挡住了相机的镜头。

“早拍完了，十张都入镜了，准出大片，就刚才你那泪洒江湖、楚楚动人的样子，不出大片都难。”

“哈哈哈，没见过你这么坏的摄影师!”

月白终于忍不住笑出声来，脸上的两道泪痕，将笑声压得很低沉。

每当看到月白落泪，天青就用拍照的方式带着他走出情绪，可他从不问月白究竟为何落泪，为谁落泪。在天青看来，月白是一个有太多故事的人，在每一个故事里都十分投入。他不问，与其说是出于尊重，不如说是不屑。

月白的眼泪着实有些泛滥，好在不管流泪时多么肝肠寸断，泪一干，就风轻云淡。

当别人还在苦苦地为他的眼泪寻找出处时，他却转瞬间雨过天晴，翻篇了。

所以，天青觉得，只闻不问，才是自然而然。

可在月白看来，天青的不问，也许是一种尊重，也许是真的不懂。

20 多年前，月白和天青相遇了，因为一个女生。

“致当年我们一起追过的女生!”对着天青，月白总是喜欢时不时地来这么一句。

“拉倒吧，你看上的女生，我能看上吗?”

“也是，你只能看上我看不上的女生。”

…………

而立后，月白和天青常常一起纵情山水，云游四方。

用月白的话说：“心怀天下，情至微尘。如果早一天懂得，人生不止男男女女这点事，也许我们早就干成撬动地球、拯救人类的大事了。”

“你这是吃到第九个馒头，开始懊恼前八个都白吃了。”天青不以为然。

“白吃，白痴，哈哈哈。”

在月白眼中，天青有时像一个 3 岁的孩子，幼稚而单纯；有时又像一位年近百岁的老者，睿智而深沉。月白总觉得，天青是一个人可以拥有不同的两面的最好诠释，也让他相信，人如果活得足够自由，就可以驾驭不同层次的思维空间，不费吹灰之力。

2

平顺古镇的古廊桥之所以名扬天下，不仅是因为它们独特唯美的造型，还因为它们与周遭的风景完美融合，形成美丽画卷；而最与众不同、扣人心弦的，还是它们高超的制造工艺。说它们是镶嵌在自然之腹的鬼斧神工，一点都不为过。

采用编梁式结构建造而成的泗水廊桥横跨在北溪之上，镶嵌于群山万翠之间，桥屋灰瓦红身，飞檐走兽，桥旁古树掩映，桥下流水潺潺，锦鲤畅游。

穿桥而过，可见绿叶掩映民宅，繁花倒影溪中。人在桥上走，犹如信步于画中、仙境。

凌虚千尺驾飞桥，势控长虹挂碧霄。

返照入川波泛泛，暮云拥树路迢迢。

晴光缥缈岸空阔，石色参差影动摇。

断霭残阳横两岸，苍茫落日见渔樵。

张天树这首《长桥夕虹》就是对廊桥奇美景色的最好诠释。

可在月白眼中，这些桥总是显得过于暧昧矫饰，经不起风雨飘摇，随时都可能被尘俗击倒，远远看去，像一个高大威猛又风流倜傥的男子，一个阔步，迈开两腿，一只脚留在此岸，另一只脚停在彼岸，仿佛造桥不是为了挡风遮雨，也不是为了方便行走，而是为了给平顺的高山流水配一个奇绝的景物，让平顺看起来更加妖娆多姿。

12 年前的一天，平顺古镇四座最有名的古廊桥，顷刻间被洪水冲垮，其中一座名叫花雨桥。

那一天，月白正好在平顺。

他清楚地记得，大雨滂沱之时，他跑出大门，跑过平顺古镇的老街，正要跑上桥的时候，就听见一声巨响。花雨桥轰然崩塌，瞬间解体，桥板稀里哗啦地落入汹涌的河水中。河面上漂着一个熟悉的物件，刺痛了他的神经。

那是一块木色画板，她的画板。

他站在雨中，成了肉体空壳。雨水和泪水交织在一起，将他的灵魂彻底冲毁。

那一年他 24 岁，她刚 20 岁。

…………

站在泗水桥上，月白的脑海里，却全是花雨桥的样子。泗水桥和花雨桥，造型并无太大区别，景致也不分伯仲，可对月白来说，泗水桥是一个家，一段儿时欢乐的记忆，花雨桥却是一段情，是红尘深处难以忘怀的一抹香艳，是人生长河中挥之不去的一分炽痛。

花雨桥被冲垮后，他回到空城，常常夜不能寐，梦魇缠身。她的巧笑和她幽怨的眼神，交替出现，反复折磨着他本已千疮百孔的灵魂。

他的耳边反复播放着一段新闻：“洪水不仅冲垮了桥梁，还夺走了三条人命，其中一位是一个年轻的女画家，刚 20 岁出头……”

12 年后，当他听说花雨桥早已重建多年，他竟对重建的人产生了某种恨意。为什么不让花雨桥就这么永远消逝？为什么偏偏要给他惨痛的记忆留一个翻来覆去的空间？他总幻想着，时间可以治愈一切。只要过往在肉眼中决绝消失，过往留给精神和灵魂的记忆也终将散去。

他认定，老花雨桥的原装桥板早就被洪水冲得无影无踪，重建所用的木材都是些新木。新的花雨桥不过空有一副皮囊，缺少让人流连忘返的历史沉淀和人文内涵。可就是这副皮囊，却让他陷入了更深的纠结。他有种按捺不住的冲动要跑到新的花雨桥上去看一看，又有种深恶痛绝的恐惧让他望而却步。

可花雨桥，他不得不去……

“这花雨桥的造型看着比泗水桥还要优美，线条更加飘逸流畅，桥檐的纹饰也更加精致，上面有对儿凤凰，栩栩如生。可惜是重建的，新木不管如何造旧，总少些历史的沉淀和活色生香的韵味。”天青站在花雨桥的桥阶上，一边按着快门，一边絮絮叨叨。

“月白，咱们上桥看看吧？”

“你……你先上去，我……我在这儿，再站一会儿。”月白吞吞吐吐，颤颤巍巍。

“你干啥呢？上个桥，又不是让你上炕，瞧你这一脸的纠结拧巴。走走走，你再不走，我可又要把你拍下来了。就你这一脸的拧巴相，也准出大片。”天青拽着月白，要往桥上走。

“你先去，别拉着我！”月白一甩袖子，天青一个后仰，差点摔倒。

“你个孙子，差点摔着我！还真翻脸了啊！你小子吃错药了？”天青一个人悻悻地走上桥去。

月白依然站在桥阶上，一动不动。看着河水从石缝中缓缓流过，掠过河床上的石子，悠悠然流向桥底，他竟心生艳羡。他多么希望，自己是那流水，从桥下潇洒而过，不需停下来思考来路，回忆过往，也不用细数伤疤，计算得失。可此刻，他竟然连抬头看一眼那桥的勇气都没有。他恨自己怯懦。

"月白，桥上有人，你小子快上来。"天青站在桥上，冲着他大声喊道。

月白没有听见。

"月白，桥上有个女人！"天青继续喊着。

月白还是没有听见。

"月白，桥上有个漂亮的女人！"

"月白，桥上有个画画的女人！"天青扯着嗓子，仿佛誓要喊破天际。

"画画的女人？"月白一抬头，看见桥上隐约站着一位长发白衣女子。他一个箭步跑上桥，来到桥的正中央，停了下来，四处寻找，却没有看到女子。女子转瞬即逝，仿佛化成了空气，不见踪影。

"瞧你这出息，一说是文艺女青年，你就淡定不了了。"天青坏笑着，一脸骄傲地看着满脸愕然的月白。

"人呢？"月白问道。

"什么人？"

"女人啊！"

"哪有什么女人啊！糊弄你的。你小子是想女人想疯了！"

"你别闹了，我刚才明明看见了。"

"看见什么了？"

"一个画画的女人，你没有看见吗？"

"没有，嘿嘿！"

"天青，别闹，你到底看见没有？"

"真的没有，这桥上，本来一个人都没有，我上来以后，就我一人，你上来以后，就咱们两个人，要是有其他的人，那就是女鬼或者女神。”

“会不会是你拍照的时候没有留意？”

“以我摄影师的敏锐，周围有人我怎么会探测不到？更何况是个女人，还是个画画的文艺女青年。你要知道，对于我这种直男癌来说，不出5里，都能闻到文艺女青年身上的矫情。”

“难道是我出现了幻觉？”月白开始怀疑起自己来。

“很有可能，你自从到了这个古镇，人就神神道道的，不是傻乎乎地发呆，就是莫名其妙地自言自语。对了，昨天晚上，你还说梦话了。”

“说梦话谁不会啊？有什么奇怪的！”

“要是你知道你说了什么，连你自己都会觉得奇怪。”

“我说了什么？”月白瞪着大眼看着天青，有些迫不及待。

“你说：‘天青，你个浑蛋，如果你是女人，我会爱上你的。’”

“天青，你个浑蛋，就算你是杨贵妃，我也不会瞧你一眼的！”

天青笑了，月白也笑了。

“我说梦话，你怎么会知道，我俩又不睡一个屋。大爷的，又给我下套！”

…………

那天夜里，月白失眠了。

他失眠的原因是复杂的，因为再次踏上花雨桥，无奈触碰到了埋藏多年的痛楚，因为手头急需完成的任务，更因为白天花雨桥上那个隐约存在的长发女子。那女子虽离他很远，看着模糊，却总让他觉得似曾相识。

他仿佛又看见了她。

他有了一种侥幸的渴望：也许她还活着。

第二天早上，天刚蒙蒙亮，他鼓足勇气，独自走上了花雨桥。

花雨桥没有灯，像一个迷雾时空，里面满是神秘。其中的熟悉，其中的陌生，其中的爱，其中的恨，都在早春湿冷的空气中交织凝结，形成痛，在月白的身心上发生着恼人的作用。

他就着痛，从桥的这一头走到另一头，又从另一头走到这一头。

不知不觉，走回到12年前的夏天。

第二章　初见

1

那个夏天，空城格外炎热。三伏天到来之前，母亲严梅对月白说："咱们回老家避避暑吧，老家可凉快了，正好也回去看看亲戚朋友。我们来空城已经快18年了，也该回去看看了。"

就这样，月白跟着母亲回到了平顺。

其实，就算严梅不说，月白也早就想回乡看看廊桥了。

他出生在泗水桥旁边的弄堂里，泗水桥是他和小伙伴们玩耍攀爬、嬉笑打闹的游乐场。在那里，他度过了人生中最无忧无虑的时光。

六岁那年，因为父亲工作调动，月白一家离开平顺，到了空城。他还清楚地记得，那个迷雾朦胧的清晨，平日里亲密无间的小伙伴们站在廊桥上，和他挥手作别，并渐渐消失在他的视线里的情景。小伙伴们的笑声越来越远，变成了朦胧的乐章，在现实中变得越来越虚幻。他感觉自己被一种无形的力量从一个可依赖的熟悉温暖的尘世抽离了，前路尽是未知的迷茫。从某种意义上说，他的童年在那一刻结束了。

他的童年永远地定格在了泗水桥上。

于是，回到平顺，与其说是来避暑，不如说是来怀旧。

回到平顺的第二天，他在镇上溜达，偶遇一场大暴雨。他正狼狈不堪，无处躲雨，就看见花雨桥神奇地出现在眼前。

他跑上去，才发现，桥上早就站满了躲雨的人。人们的脸上有种莫名的兴奋，仿佛在庆幸有个挡风遮雨的地方，庆幸世间有座美丽可靠的花雨桥。

人们大声地拉着家常，月白饶有兴致地听着，直到她，一身白衣，急匆匆跑上桥，一个踉跄跌倒在他身旁。她手上的画板掉在屋檐遮盖不到的桥阶上，画板上的画也随之掉落。雨水密密麻麻，打在红黑色的油画上，油画上的人像渐渐模糊。颜料被雨水稀释后，流向画纸的四角，成了暗红的血色。

月白弯下腰，伸出手，想要将她扶起，她却有意无意地白了他一眼，羞得他连忙将手缩回。月白脸涨得通红，像个犯了错的孩子一样，转而跑去捡她的画板，和那幅已经模糊不堪的画像。

直到她费劲巴拉地爬起来，站稳了，他才怯怯地将手中的画板和画像递给她。她只接过画板，却并没有理睬他另一只手中还在滴滴答答滴着颜料的画像。

她一语不发，表情沉静，没有任何动作。他握着画纸，不知所措，左右为难，扔了不是，拿着也不是。

他又扫视了一眼人群，才发现人们不再说话，脸上的兴奋更加明显，好像都在偷偷欣赏他的笑话。

握了好几分钟后，他觉得很是尴尬，又将画像扔回雨中。谁知画像刚一着地，她就跑到雨中快速地将画像捡起。

然后，她把画像和画板一起搂在怀里，好像搂着一只心爱的小动物。雨水浇湿了她的裙子，她微微发颤。画像上的颜料流到她的白裙上，白裙瞬间成了一件泼墨写意的彩裙。

这时，他又看了看人群，人们似笑非笑，像是在等待一场即将上演的闹剧。

他想要提醒她裙子花了，可他只要一看她的眼睛，就感觉有一种灼烧的刺痛，仿佛她的眼里有一种让人生畏的凛冽，凛冽里又藏着几分迷人的温柔。

他只好欲言又止。

等到大雨停歇，人们纷纷离去，只剩下他和她还站在原地。

她依然面无表情，像一座活体雕塑。

他鼓足了勇气，清了清嗓子："喂，你的裙子花了！"

她若无其事地直视前方，像是没有听见他的话。

"喂，你的裙子！"他提高了声线。

她依然没有作答。

"这孩子不会是个？"他突然感到一阵揪心的痛，瞬间对她产生了深深的同情。

"你才是呢！"她终于开口了，字正腔圆。

"原来你会说话啊，那我就放心了，我刚才还以为你那个什么呢！"

"我什么啊？非得跟你说话才不是那个什么吗？"

"我不是这个意思，我只是担心你的裙子没救了。"

"你才没救了呢！我的裙子我做主。"

"那肯定的，你的裙子，总不能让我做主吧，我穿也不合适啊！"

"你懂不懂艺术啊？"

"这跟艺术有什么关系啊？"

"艺术无处不在，比如从天降落的雨点，比如在桥上躲雨的人们，比如此刻的你和我。"

"咱们能不能先处理你裙子的问题？"

"我的裙子没有问题。是白色还是黑色或是红色，有什么分别？"

"当然有分别，你这个颜色是被染的，是没有规则的，是被动的，衣服都是设计师主动设计出来的。"

"为什么非要有规则，为什么非要主动？艺术不过是随心所欲的须臾感觉。"

“那就让我随心所欲一下，雨停后，帮你把裙子洗干净，成全一下伟大的艺术吧。”月白做了个搞怪的表情。

“你有强迫症！”

“我没有，只是心疼你的裙子。”

“这是我的裙子，你心疼什么！又不是花你的钱买的。”

“说得也是，我真是瞎操心。不过，到底让不让我帮你洗裙子？”

“这个世界上值得你操心的事情很多，不要为了一条裙子乱了方寸。”

“WHAT？这都哪跟哪啊？”

他没有如愿以偿帮她洗裙子，可他隐约觉得，他和她之间将会发生比洗裙子更有意思的事情。

2

“我叫乔胭，小乔的乔，胭脂的胭。”

“羞若小乔眉弯月，艳如胭脂颊处粉。好名字！”

“你会写诗？”乔胭突然转过脸，诧异地看着月白。她脸上微微泛起的红晕，仿佛一抹云霞，粉饰周遭。

月白的心为之一颤。

“会啊，写诗有什么难！”

“刚才那一句真是你写的？不是抄袭，不是剽窃，不是代笔？”

“切，谁稀罕那些下九流的！绝对原创！”

“你学什么的？”

“艺术。”

“你也学艺术的？”

“当然，难不成天底下就你能学艺术？”月白拉长语气，假装彰显自己的傲娇。

“哪个院校的？”

“美院。”

“中央美院？”

“嗯！”

“那我不画了！”

乔胭垂下原本停在画板上的右手。手中的画笔掉落在桥板上，发出沉闷的响声。笔尖的颜料，将桥板染上了一点鲜红。

“怎么突然不画了？”月白一头雾水，不知道自己究竟说错了什么。

“喂，到底怎么了？你哭了？”

月白走近乔胭，将她身前的画板挪开，才发现她的眼中正噙着泪水。

月白陷入了沉默，沉默得很是尴尬。

此时的乔胭，像一颗浮动在桥中央的珍珠，楚楚动人，耐人寻味。他感觉自己的心仿佛被虫子咬了一口，伤口不深，却仿佛痛到了灵魂里。

他深吸一口气，弯腰捡起了画笔，让画笔在画纸上舞动起来。

不一会儿，一个泪目的乔胭跃然纸上。

看到画纸上的自己，乔胭噙在眼里的泪水终于奔涌而出，接连不断地滚落，在她粉色的脸颊处稍事停留后，又缓缓地流向她那玲珑的下巴，最后落入她的胸口，将她的前胸沾湿了一片。

看着乔胭梨花带雨的样子，月白竟不知所措，束手无策。他想要拥她入怀，轻拍她的后背，给她怜惜的疼爱，又怕触碰她敏感傲慢的神经，更加害怕那傲慢反过来刺痛他脆弱的自尊。

他就那么站着，心疼地看着她，无所适从。

时间一分一秒地被无限拉长，翠鸟叽叽喳喳，在他们的头顶，愉快地拍着翅膀。桥侧的柳树垂下万千枝条，于清风中，微微舞动。桥底下传来不知名的虫儿的叫声，像笛音一般清脆灵动，听得月白的耳朵都沉醉了……他产生了错觉，以为自己潜入了神秘的无垢之地，所见皆净土，所感皆极乐。

朦胧中，他感觉有一股暖流钻入他的胸膛，随之而来的，是一阵迷人的芬芳。乔胭的长发摩挲着他的前胸，她的眼泪沾湿他的衣襟。他感觉全身被注入了爱的冲动。

晨风夹着露水，轻拂巫山，即成云雨。

在花雨桥二楼的佛堂中，他们相爱了，爱得难舍难分，死去活来。

乔胭在月白的怀抱里，嘤嘤而泣。月白在乔胭的泪水中，温柔摇曳。

“考进中央美院，是我今生最大的梦想，可惜……”

“有我呢，我会帮你实现你的梦想。”

3

那以后，月白每天都会到花雨桥上，去见乔胭。乔胭，就像是花雨桥风景画里的固定景物，从不缺席，或艳阳高照，或阴雨绵绵，或云淡风轻，或风卷云涌。

他们天南地北地聊着，在晨曦中远眺，于艳阳下信步，在晚霞里相拥。

“你喜欢画人像?”

“不绝对，我没有什么具体的目标，想画什么就画什么。”

“那画里的红黑色头像的原型是谁?”

“我也不知道，可能是记忆里遇见过的某个人吧。”

“那你至少知道自己为什么画她吧?”

“心情不好的时候就画她，好像是一种发泄。”

“是的，艺术，很多时候是宣泄内心的途径。”

“艺术，有时候创造图腾，有时候摧毁理想。”

“是的，也许在艺术家的一生中，二者常常交替出现。你有没有想过尝试画抽象画?”

“没有想过，好像具象还没有画够。仿佛光是那一个头像，就够我画一生一世了。”

“你知道吗，很多画家都是从画具象慢慢地变成了画抽象。比如大名鼎鼎的马克·罗斯科，先后尝试了现实主义、表现主义、超现实主义，最后完全抛弃具象，形成了他自己独特的完全抽象的色域绘画风格。”

“当他看似简简单单、不同色块拼接的画卖出天价的时候，不懂的人大跌眼镜，看懂的人却喜出望外，惊为天人。”

“因为懂的人能通过他画中的色彩差异和线条的交织，捕捉到其中的情绪变化和人类的基本情感。而用看似简单的手法表达复杂的情绪又是多么不容易啊！他将‘永恒与超验’‘悲剧与献祭’‘崇高与神圣’作为终其一生的艺术追求。”

“他曾感叹：绘画，一定要像奇迹一样!”

“如果只是被他画上的色彩关系感动的话，那么并没有抓住他艺术的核心。许多人在他的画前悲极而泣的事实说明，他的画确实表达出了人类的基本情感，仿佛目光触及他的画的那一刻，经历了某种神圣的宗教体验。我觉得这就是他的作品的伟大所在。”

“抽象艺术就像现代诗，是须臾感觉的迸发，是看似毫无章法的情感宣泄。诗歌虽然彻底打破了语法的束缚，读起来破碎而间歇，可是反映的情感情绪，却是连贯而真实的。你了解波普艺术吗?”

“色彩鲜亮、标新立异、面向大众、促进商业是波普艺术的显著特点。劳森伯格想要消除艺术和生活的区别，认为艺术不应该自命清高，应该打破传统，为生活服务。安迪·沃霍尔，则把波普艺术进行得更加彻底。他取消了手工操作，直接用丝网印刷的方法把照片形象移到画布上。”

“可口可乐无尽无休的排列，明星们的照片，玛丽莲·梦露，奥黛丽·赫本和迈克尔·杰克逊都是安迪很好的题材。”

“二战前和二战期间资本主义工业社会开始了批量生产模式。二战后，商品社会极速发展，社会生活用品的批量复制生产与消费，成了当时社会的显著特征。安迪的作品从艺术的角度呼应了时代陷入‘重复’的便捷。只是，这种便捷，从某种意义上说，也是社会进步的尴尬，因为脱离了手工操作，商品的精神实质变得单一而呆板。”

“杰克逊·波洛克将流质油彩和颜料用泼、滴、洒等方式表现在画布上，号称行动绘画，是否也是抽象艺术的一种？”

“行动绘画是抽象表现主义的一种表现手法。让油彩自然流淌而不加以限制，成为当时一种伟大的革新和创造。德·库宁就是抽象表现主义的典型代表，在一个大的抽象的空间背景中，总会有一个具象，也许不是纯粹的具象，但总有具象的痕迹。”

“在他的画中，你常常能从一个看似杂乱无章的抽象碎片中，捕捉到一个女人的样子。万变不离其宗。仿佛，你在一场精神错乱中，却总是明白要坚守什么样的核心价值观。”

“这些概念，你都是从哪里学的？”

“从网络上、电视上，奶奶也会跟我讲。但是奶奶并不喜欢抽象艺术，她认为抽象艺术是人类脆弱的表现。”

“哦？她为什么这么说？”

“奶奶认为，人类的思维与认知被禁锢太深，可是人类的命运和社会历史的发展很多时候又是那么无常，无端。人类想要打破禁锢，冲出重围，却又明知自己没有这个能力，于是只能从艺术品中寻找安慰，假装可以把一切固有的规则全部推翻，成就自己臆想的绝对自由。奶奶认为，抽象艺术是人类的集体意淫，是渴望和欲念在现实中无法得到满足从而只能在艺术里寻找安慰的消极避世行为。”

“我不太赞同这种观点。抽象艺术也许不是赞美，而是批判，不是传承，而是颠覆。可是人类的历史不就是在不断的批判和颠覆中前行进步的吗？在艺术领域的幻想很可能会带来现实的变革，而艺术变革的本身也可能是现实生活的需求之一。不过，这种颠覆和批判看多了，也会觉得雷同。雷同的东西多了，也就成了某种常态。所以……所以，任何艺术概念被定义出来的那一刻，它所影射的变革就已经开始衰退了。人们的潜意识里又开始渴望更超前的变革和更大幅度的颠覆。”

“那你觉得抽象艺术之后，可能会出现什么新的艺术形式？”

“怀旧。当抽象艺术将所有的固有成规打破之后，当这种打破泛滥成灾之后，到处都是抽象画的时候，人们也许又开始想要颠覆抽象带来的直观感受，开始怀旧，怀念具象的和谐。”

“我也是这么认为的。人类各种历史的发展都是抛物线式的，每一个急速发展之后都会有一段时间的回归。”

“你最喜欢哪个艺术家？”

“我喜欢安迪·沃霍尔。”

“为什么？”

“因为他有一个伟大的母亲。安迪有风湿性舞蹈病，可他的母亲没有因此嫌弃他，而是不停地鼓励他，温暖他。每当他完成一幅画，他母亲都会奖励他一颗巧克力，鼓励他给画上色。安迪就是在这样的母爱中成长起来的，所以安迪的画大多看起来温暖而愉悦。杰克逊也好，赫本也好，在他的画笔下总是显得格外亲民。可乐也好，罐头也罢，在他的画笔之下，生活成就了艺术，艺术也读懂了生活。”

“是的，童年很重要！有的人一生都在治愈童年的伤疤，有的人一生都靠童年的美好治愈。因为一个艺术家的母亲而喜欢这位艺术家，真的很少见，你看问题的视角很特别。”

“任何一种特别都是有根源的。有的人完好无缺却惨遭遗弃，有的人缺胳膊少腿，却被人捧在手心里。”

“难道你不觉得有缺陷之人理应得到更多关怀吗？”

“那要看你如何定义缺陷，那些肉身完整的人难道不会因为被遗弃而生出更致命的缺陷吗?”

“是的，生理缺陷才是最本质、最可怕的缺陷。”

“生理缺陷事实上也是唯一真实的缺陷。”

“没错，一个人生理上的缺陷若没有作用在心灵上，那么他或者她就还是完整的。”

就这样，他们各抒己见，侃侃而谈，时时有认同，也常常有交锋。

在这样的关于艺术的探讨中，两颗心越来越近。

“月白，不要成为我心上的伤，要成为我灵魂的光。”乔胭噙着眼泪，近乎乞求。

月白看着她，点了点头，没有作答。

直到一个半月后……

第三章　廊逝

1

“月白，子颜今天傍晚到，你在家等她，哪都别去。现在可真是方便啊，从空城到平顺，坐火车 6 个多小时就到了！”

“子颜，她……她要来？我怎么不知道？她没有跟我说啊！”

严梅的话让月白顿时陷入了恐慌。

“她早跟我说要来，不让我告诉你，说要给你惊喜。你哪都不许去，就在家等着。这两天好好陪陪她，人家大老远跑过来，够有心的，你可别让她失望，一些无关紧要的人就先别见了。”

“哦，知道了。”严梅话中有话，月白听得明明白白，可是再明白，也无济于事。

月白成了无头苍蝇，完全迷失了方向。他和乔胭约定了夜晚去花雨桥上仰望星空，畅想未来。一听说子颜要来，他陷入了仓皇。

他预感，他和乔胭刚造好的粉色泡泡将会被残忍地踩碎。泡泡的碎片将不可避免地化成潺潺的泪河。

他不能让子颜知道乔胭的存在，也不能让乔胭知道子颜的存在，可她们两个人的存在对他来说又似乎一样重要，让他难以取舍。他顿感自己是个彻头彻尾的浑蛋，恨不得扇自己两巴掌。

在一阵被无限拉长的纠结踌躇之后，他决定，一早去花雨桥陪乔胭，然后在傍晚来临之前，找个借口离开，回到住处等子颜到来。

2

“你今天好像有心事。”乔胭语气冷淡，像是看出了月白的反常。

“没有，哪有什么心事。只要和你在一起，我就特别开心。”月白底气不足，说得勉强。

“如果你想倾诉，我会好好听；如果你不想说，我会尊重你。”

“谢谢，你是这个世界上，我最想对之倾诉的人，如果我有心事，连对你都不说，那就不算心事。”

月白故作淡定，乔胭看着月白，月白看着远处。

“你看，那山上的紫色杜鹃花多好看。”

“那不是杜鹃，那是紫藤。”

“看起来差不多。”

“怎么会差不多？紫藤沉静卑微，总是成串盛开，为了掩盖孤独。杜鹃却自然随意，不需掩饰，勇敢地做自己。”

“那你是杜鹃还是紫藤？”

“我是野百合。”

“野百合也有春天。”

“野百合也有春天，可是……”

“可是什么？”

“没什么。”

“为什么你总是欲言又止？”

“因为我不想接着说。”

“还有什么是你不能告诉我的？”

“不是每一个人都渴望倾诉，因为倾诉没有意义。”

“倾诉怎会没有意义？倾诉可以在打开一个人心扉的同时，也打开另一个人的心扉。”

“如果门关着让你觉得安全，为什么非要打开？”

“可是我想看到你打开心扉的样子。”

“我的心上了锁，我也不知道怎么打开。”

“我一直以为，我会是那把钥匙。”

“是我上的锁，只有我自己能找到钥匙。”

“可我觉得，你是我心锁的钥匙。”

“你的心本来就没有上锁，何需钥匙？或者，你的锁只是个摆设，谁都可能打开，就看你愿不愿让她尝试。”

“不是这样的，我一直以为你懂我的。”

“刚才我说的话已经足够证明我懂你了。”

…………

月白沉默了，他竟找不到一句合适的话回应乔胭，也找不到一个合适的词形容那一刻的感受。

3

“你画的是什么鸟？”

“黄腹角雉。”

“我怎么从来没有见过？”

“我们这里有座山叫乌岩岭，山上有一种鸟，叫黄腹角雉。”

“如果这座山和这种鸟都是彼此的唯一，那该多好啊！”月白一声长叹，发自肺腑。

“唯一是好，可如果为了唯一而唯一，就会变成捆绑。爱情和艺术一样，不应被任何固有的成见捆绑。爱情应该是流动的、自由的，是长着翅膀的理想。”

“黄腹角雉会不会飞到别的山上?”

“会的，如果它会飞，如果别的山上有更宜居的环境。”

“黄腹角雉不会飞?”

“会，但是飞不远。与其说它们是鸟，不如说它们是鸡，是呆鸡。笨重，胆小，谨慎，呆萌。空有一身丰满漂亮的羽毛，却没有自保的技艺。也许这就是它们濒临灭绝的原因。”

“这么说来，黄腹角雉对这个山也并非真爱。”

“放弃自己的理想，折断翅膀，才留下来，那不是爱情，那是牺牲。因为不会飞翔才留下来，那是将就。爱情来不得半点勉强。”

“那爱情是什么?”

“爱情是，我明明可以飞翔，飞得更高更远，却心甘情愿为你停留，被你牵绊。因为你就是我的理想。”乔胭羞涩地低下头去，看着桥板。桥板上，一只七星瓢虫，正拍动着翅膀，准备起飞。

“可我觉得，如果爱你，就应该努力和你一起飞翔，决不让你荒废了高贵的翅膀。”

“世界真神奇，总有许多美丽超乎你的想象。”

“世界很纠缠，总有许多真相超乎你的判断。”

有那么一瞬，月白看着乔胭，陷入了深度困惑。

乔胭总是那么多变，时而娇羞悱恻，时而活泼自如，时而深沉焦灼，时而凛冽睿智，让他捉摸不透，又让他心驰神往。她就像飞云湖上的朝霞，神秘莫测，千变万化。他明知爱她就像握着一掌流沙，却宁愿深陷其中不能自拔，不愿抽离。

“清风惊雀，不欠团圆；明月别枝，不少相思。”

月白看着太阳落入半山，内心更加忐忑不安。

“青山不恋，流水不念，君心我心，谁心不变。月白，你知道吗，真爱不是占有，是成全。”

“乔胭，你知道吗，真爱不是唯一，唯一才是真爱。你是我的真爱!”

“但我不是你的唯一?”乔胭抬眼，盯着月白。

月白面红耳赤，感觉自己无处遁形。

“我妈今天身体不舒服，我要回去照顾她，不能陪你仰望星空了。”月白的声音越来越微弱，最后几个字，他只是动了动嘴皮子，并没有发出声音。

“那我就一个人仰望星空。”

“你一个人，会不会孤单?”

“有星空做伴，何来孤单?”

“你一个人，我会孤单!”

“你不用因为害怕我孤单而来，我更希望你来是为了让你自己不孤单。”乔胭的语气变得生硬，语速也越来越快。

“明天，你还会来这里吗?”

“我每天都在，不管今夕何夕。”

“我走了，我明天……”月白欲言又止，他实在不清楚自己到底想要说什么。

“你来不来，和我在不在，并无关系。”

“我会来的，你要等着我，要有耐心。”月白伸手想要握住乔胭的手，乔胭一个后甩，一个侧身，月白扑了个空。

“你来或不来，我就在这里。你在或不在，爱就在这里。”

乔胭望向远处的青山，语气淡漠而悠长。她这一句好像不是说给月白听的，更像是对她自己说的，或者是说给青山听的。

月白慢慢转过身，走向桥的另一端。他步履沉重，仿佛走在深深的泥沼中。每走几步，他就停下来，转过头看看乔胭，却发现，乔胭并没有在看他，而是一直面无表情地盯着画板。

“乔胭，我，我……”快走到桥头的时候，月白又停下脚步，喊乔胭的名字，只是，他喊得有气无力，连他自己都觉得虚无。他竭尽全力想把心头的三个字说出口，却如鲠在喉……

月白走下桥阶，躲在将军柱后面，偷偷看向乔胭，只见她手一甩扔了画笔，坐到美人靠上开始呜咽抽泣。

这时他才知道，原来她只是在他面前假装坚强，等他走出视线，她才放任眼泪恣意狂奔。月白想要跑回她的身边，将她紧紧搂在怀中，任凭她的泪水将自己淹没。可那根将军柱像一堵高墙，挡住了他的去路，他寸步难行，纠结踌躇。

躲在将军柱后面，他觉得自己像极了一只偷食白米的老鼠，让人生厌。

晚霞中，桥的倒影在水的波光中褶皱变形。变形的还有乔胭原本毫无岁月痕迹的粉嫩娇羞的脸。

天边的夕阳直射到桥面上，造成了昏沉的背光。画板上的头像，此刻变成一抹沉重，衬得花雨桥格外忧伤。

桥檐上那对凤凰，垂头丧气，幽幽彷徨。

4

“月白！”

子颜像孩子一样蹦到月白的跟前，眨巴着大眼睛看着他。

“子颜，你来了。”月白也眨眨眼，伸手摸了摸子颜的脸颊，“怎么没让我去车站接你？”

“我就是想给你惊喜。”

“SURPRISE！”月白强颜欢笑。

“你有没有想我啊？”子颜托着腮帮，郑重其事地盯着月白的眼睛，像一个孩子，翘首以盼一颗方糖的奖励。

“当然有啊！”

月白将子颜搂在怀中，轻抚着她那乌黑发亮的长发。发丝散出的玫瑰香气，让月白觉得熟悉而温暖。他觉得有些眩晕，恨不得立刻躺倒在子颜的怀中，可他一闭上眼睛，脑海里又全是乔胭的脸庞。子颜和乔胭，乔胭和子颜，好像虚幻和现实，让他傻傻分不清。

接下来的两天，子颜寸步不离地守着月白。月白虽然总是看向花雨桥的方向，却怎么也找不到理由撇下子颜，独自行动。

看着子颜笑逐颜开，月白着实不忍伤害。

子颜到平顺古镇的第四天，天气预报说有10级台风，月白开始坐立不安。他在房间里来回踱步，不停嘀咕："乔胭，你这个傻瓜，不会台风天还在桥上吧？乔胭，你一定要快点回家。"

"月白哥，你嘀咕什么呢？谁是乔胭？"

"没有，没有，我念诗呢。"

"念诗干吗这么小声？大点声，让我也听听。大学的时候你可是诗社社长，那时候，我只要一听你念诗，整个人就兜不住了。"

"一听我念诗，你就成了花痴，是吧？那我大点声，大点声念。乔乔花雨楼，胭脂恰粉柔；君心似白云，我心似苍狗。"

"太棒了，你真棒！我的月白哥永远是最棒的。可是，为什么你心似苍狗？"

"哎呀，你看你，较真了吧？这是诗，是须臾的感觉，解读过度，就破坏美感了。"

"人家就是想知道嘛！不会是你的良心被狗吃了吧？"

"这种问题都问得出来，你不会小学没毕业吧？"

"在你面前，我觉得自己幼儿园还没毕业呢！"

"跟我这样的圣贤混了这么多年，博士都该毕业了。"月白咧嘴，勉强笑道。

"我智商堪忧，怎么都毕不了业，这样你就只能一辈子照顾我。你要是不管我，就是遗弃儿童。"

"行行行，我认命，活该我受累。"

"你上辈子欠我的。"

"必须欠你的，不然咋解释？"

子颜就是这样，喜欢胡搅蛮缠。可是，又总是用一种极端温柔的方式，让月白无力还击，甘愿俯首称臣。

自从子颜第一天到空城，第一眼看到月白那一刻开始，子颜就和月白形影不离。

他们同住一个大院，同上一个小学，一个初中，连高考的门槛都没能将他们分开。

当月白拿到美院通知书正要显摆的时候，子颜已经将她同是来自美院的通知书打开，亮在他眼前。那一刻，月白有一种常人难以察觉的矛盾感受。子颜只看到月白满脸的幸福，却丝毫觉察不到那幸福里的酸涩。

“我就喜欢你才华横溢的样子。”子颜上前，想去搂月白，月白下意识地往后退了一步。台风吹得窗户噼里啪啦，发出瘆人的声响。月白感觉自己快支离破碎了。

“子颜，我突然想起来，那个桥上，桥上，有一只流浪猫，我，我想去看看，我担心，雨下得太大，流浪猫有危险。”

“不，你不能去，雨这么大，出去危险。我不能让你去。”

“可是，我也不能眼看着那只流浪猫被暴雨冲走吧。你知道的，我最喜欢小动物了，如果我现在不去，等我下次去的时候，没有看见那只猫，我会恨自己的，我会内疚一辈子的。”月白越说越急。

“那个桥不是有屋檐吗？人都可以在上面躲雨，猫也会躲雨的。”

“可是猫毕竟不是人，人会预测危险，猫哪知道？你就让我去吧，乖，我去去就回。如果那猫在桥上，我就给它抱回来，让它陪你玩，你不也喜欢猫咪吗?”

“那，那你去吧。可是，可是万一你被冲走了，我怎么办?”

“我不会被冲走的，看我人高马大的，最多就是淋湿了。你放心，好吧?”

“不行，我要跟你一起去，要死一起死。”

“死不了的，哪那么容易死？要是真被大水冲走了，还一了百了了。”月白语气开始不耐烦。

“那我陪你一起去。”

“不行，你不能去。你去，我就不去了。”

“我要去，要去，我不能让你一个人去冒险。”

“你够了，别闹了！能不能让我消停一下？”月白两手抱头，喘着粗气，“这么简单的一件事情，就因为你胡思乱想，变得复杂恼人。”

“好好好，我不去还不行吗？你别生气了，月白哥，我的好哥哥！你带上伞，我去给你找伞。”子颜开始翻柜子，找雨伞。

可是，等她找到伞，转过头，月白已经没了人影。“月白哥，月白哥，你带上伞啊！月白哥，你要小心哪！”

子颜跺着脚，大声喊着，好像月白还能听见一样。

在平顺古镇，人们喜欢逐水而居。风和日丽的时候，溪水给人们带来了极大的便利和福泽，可一到台风天，溪水就成了镇民的灾难。不断上涨的河水将河两岸房子的底层淹没，将各种生活物件冲出房屋，冲到大街上。洪水天，整个古镇成了一个水上超市，应有尽有。

跑过石板桥的时候，月白看见河水已快涨到桥面。河面上，几只白胖的猪崽儿，在浑水中垂死挣扎，困兽犹斗，像是已经预见了自己的死期。

月白更加慌张了。花雨桥的桥面虽然比石板桥的高出许多，可是花雨桥毕竟是木质结构，而且年久失修，在河水的不断冲击下，很有可能会倒塌。

大雨倾盆，砸落在月白的身上，积水深深围困他的双脚。他举步维艰，仿佛自己游走在混沌时空，根本找不到重心。

不知道在水中摸索了多久，他才走到花雨桥旁的小房子处。他正想爬上桥阶，冲到桥上，就听见一阵巨大的声响。

花雨桥塌了。桥身解体，桥板散落在湍急的河水中，顺流而去。

在花雨桥散落的碎片中，一个显眼的物件直击他的眼球。

那是一个新木色画板，看起来和乔胭的画板一模一样。

“乔胭！乔胭！”他歇斯底里地喊着，可是雨声、雷声、河水声交错叠加，淹没了他的呼声。

月白觉得自己的心仿佛被摘出了胸腔，他泪如雨下，全身颤抖，耳朵嗡嗡作响，仿佛听见了死亡的声音。一阵剧痛之后，他再无知觉。

…………

暴雨停歇后，镇上传来各种不幸的消息：有四座古廊桥被冲毁，有100多家房子被淹，有无数头牲畜被冲走，有数人失踪……

那天夜里，月白离开了平顺古镇。

他发誓决不再回来。

5

月白沉浸在悠长苦涩的惆怅中，直到一个白色的影子闪过他的眼前。他的思绪瞬间被拉回到当前。

一个妙龄女孩，穿着白色帆布裙，在桥上闲逛，旁若无人。她一边哼着小曲，一边拍着手掌，自娱自乐，悠闲自在。

“你好！”

月白走近她，冲她打招呼。

女孩没有反应，好像根本没有觉察到月白的靠近。

“你好，很高兴认识你。”

月白提高了声线。女孩依然没有反应，依然沉浸在自己的世界里。

“喂！”月白只好伸手轻轻地拍了拍女孩的后背。

“啊！”女孩一声大叫，像是受到了惊吓。她突然转过来的脸庞，正对着月白的脸。

月白也吓了一跳。

她的脸上长着一块紫红色的胎记，胎记很大，几乎占据了她半张脸。

“没事，没事，我不会伤害你的。”月白看出了女孩的异常，用十分温柔的语气对她说。

“呵呵呵……”女孩这才恢复了刚才的悠闲自在，继续拍手唱了起来。

月白懂了，女孩是个傻女。

他没有再打扰她，只是静静地观察她的动作和笑容，生出一种莫名的羡慕。

他对自己说：“无知是多么无敌啊！像她那样，没有烦恼，所见皆是逍遥，不是也挺好吗?”

第四章　重遇

1

清晨的花雨桥，烟雾袅袅，人声寥寥。

古松的针叶，在晨曦中，悠闲婆娑。

红色的灯笼，在桥檐下，轻轻摇曳。

两只长尾黑（当地人对长尾巧织雀的俗称）在石亭的屋顶，窃窃私语。它们拖着又长又黑的尾巴，来回踱步，逍遥自得。

月白闭上眼睛，感受着扑面而来的晨露的清凉，误以为自己置身仙境，仿佛已经觅得他梦寐以求的云淡风轻。

他突然明白，花雨桥就像恐怖片里的惊悚镜头，他越逃避，越觉得可怕。他睁大眼睛，直视它，它反而变得懦弱、无能、虚空。

于是，月白决定，放下沉重，打开心扉，直面花雨桥。直面关于花雨桥所有的记忆，香艳也好，惊恐也罢；直面乔胭，温柔也好，惨烈也罢。

他本以为，不得不再见花雨桥是上帝对他的惩罚，是因果报应，是纠缠痛楚，没想到，此时，站在花雨桥上，他却感觉到一种解脱，一种升华。

他闭上眼睛，展开双臂，放任记忆在他的脑海里，一页页地翻滚。幻想着乔胭从桥头缓缓走来，走近他，走进他的怀里，将头轻轻地偎依在他的胸口。然后，他将他的双臂收回，抱着她，感受她的娇羞巧笑，或含泪欲落。

…………

月白正沉浸在幻想中，突然感觉有人将头靠在他的后背上。

“乔胭！”他一个急转身，却看见天青咧着嘴站在他的跟前，一脸坏笑。

“天青，你个孙子，神经病，吓死我了！”

“乔胭是谁？好诗情画意的名字啊！乔胭，乔胭？”

“没有谁，我念诗呢！桥头一只花，风落樵夫家。胭脂泪迷眼，我心是你家。”

“拉倒吧你，一紧张就念诗，一念诗就指定是为了圆谎。你这是对文学的侮辱，中国文坛的败类！”

“我怎么败类了，连圆谎都圆得这么高贵！文艺，我是专业的。不然你也圆一个试试？”

“爷不需要，爷从不撒谎！我心似沧海，我身在如来。无欲走天下，无求知大爱。撒谎做甚？”

“吹吧你就，吹不死你！”

“我没有吹，10 多年来，我走遍祖国山川，游遍世界名胜，最深的体会就是，眼在心之前，心在眼之后，是人类的最大悲哀。如若心在眼之前，眼就可洞见宇宙真谛。”

“眼睛是心灵的窗户，如没有眼睛先看见，心灵如何去体会？”

“错，一个人若有一颗敞开的心，就算眼不能见，也能体会世间种种。一个人若紧紧闭上心门，就算有无数双眼，也只能是井底之蛙，抬头只见狭空，低头只懂井底。”

“人若没有了明眸，就看不见人世间的美丑，通过其他感官体会到的万千感觉和通过眼睛看到的，恐怕并不一样。没有明眸的心扉不管多么敞亮，得到多么高级的领悟，终究还是缺失了眼睛带来的直观感受。”

“正是肉眼看见的美丑，蒙蔽了心灵的双眼，让人执迷不悟，混沌不堪。”

“你见非我见，我闻非你闻，若问佛何物，随心不着相。”

“寿者相人相皆可抛，唯有爱情最难料。”

“拉倒吧你，连老婆都不娶的人，天天把爱情挂在嘴边。”

“正是因为把爱看得太明白，才不娶老婆的。众生皆是爱，万物总关情，心怀天下，卑至微尘，为什么非要拘泥于婚姻和家庭的小爱？越拘泥，越困惑。”

“都像你这样，人类不都绝种了？六道轮回，西方极乐，可极乐之前要先修炼成人，既然已经成人，就该干人该干的事。生老病死，七情六欲，悲欢离合，柴米油盐，哪个不是修行？”

“行行行，月白大才子，我说不过你，甘拜下风，甘拜下风，五体投地。”

“千万别，你要是投地，我刚好一脚踩上去。你可别说我落井下石。”

“这不叫落井下石，这叫踩不死你！”

“哈哈哈哈，同意！”

月白和天青，经常在一番唇枪舌剑的哲学探讨之后，以天青的“甘拜下风”草草结束。

在月白看来，天青的服软并非发自内心，不过是不想在势头上压过他。而在天青看来，他的“甘拜下风”是一种近乎伟岸的成全。

在他们俩看来，这样的探讨只是必不可少的生活调味品，其实也并未带来多大的人生意义，对人生的变革并没有带来指导作用，但要说完全没有作用，又不尽然。

月白认为，人生中最有意义的瞬间，是在不懈探究产生结果那一刻的深刻体会。结果已经清楚之后，探讨并无意义，不如继续探究，继续等待新结果的产生，等待结果到来时的窃喜。

他深信，语言能表达出来的感受终究苍白，离真知还有遥远的距离。

2

“月白，快看，红鲤鱼，好大一条啊！真想抓来烤了。”天青左手搭在廊屋的窗台上，右手指着桥下。他舔了舔嘴唇，一副很馋的样子。

“是好大，看起来快一米长了。不过，要吃你吃，我可不敢吃。”

“为什么？这世上还有你这个江湖吃货不敢吃的东西？”

“当地人不吃红鲤鱼的。”

“哦？”

“鱼跃龙门，过而为龙，唯鲤或然！当地人认为红鲤鱼可能是龙的前身，吃了红鲤，尤其是个头大的，会遭遇不幸。听说这里有一个农夫，在一次大水过后，捡了一条很大的红鲤鱼，煮了吃了，没过多久，他的女儿莫名其妙地失踪了。”

“然后呢，他找到女儿了吗？”

“他发动乡里乡亲，敲锣打鼓，漫山遍野地找，把棺材洞都给翻了个遍，也没有找到。他去算了一卦，才知道，是吃了那鲤鱼惹的祸。他不吃不喝，在庙里忏悔了三天三夜，总算收到了女儿的消息，原来，他的女儿被坏人绑架，卖到了福建的穷乡僻壤。”

“没想到你也迷信。”

“迷不迷信的很难说，用现有的认知解释通了就是科学，解释不通就是迷信。可现在解释不通，不代表未来解释不通。”

“是，就好像，说大脑是人身上最聪明的器官，别忘了这个结论是大脑自己得出来的。”

“认知的局限，局限了一切！”

“溪水多干净啊，清澈见底，连小石子都看得清清楚楚。”

“不是看起来干净就真的干净！”月白一声叹息。

“我知道，你有灵魂洁癖！”

“什么叫灵魂洁癖？”

“就是要求自己的灵魂绝对干净，没有污秽。不然会把自己折磨死！”

“别，别把我抬这么高，搞得我想干点坏事都干不了了。我就一破罐子，灵魂糙着呢！”

“就是想把你抬得高高的，摔下来才够痛！”

“你说这鱼要是喝了带人血的水，是不是长得更快啊？”月白突然转移话题，陷入沉思状。

“妈呀，你别吓唬我了！什么人血？哪有人血？你这个样子可真瘆人。”

“嗨，我就是好奇，随口一说。”月白瞬间恢复一脸随意，好像刚才那句是呓语。

“你小子，真不够意思，神神秘秘的，早知道我就不陪你来了。天天跟着你瞎转，也不知道你葫芦里卖的什么药。”

“你个孙子，是我叫你来的？明明是你自己上杆子要跟过来的。像口香糖一样黏死了，甩都甩不掉。”

“还不是我那个没出息的表妹吗？说你一个人回平顺她不放心，不是怕你冻伤了，就是怕你晒伤了，又怕你睡不好，怕你吃不饱。大爷的，你睡不好，吃不饱，我能怎么着？还能打你不成？张爱玲那句‘卑微到尘埃里，然后开出花来’就是为子颜量身定做的，她卑微不假，可我也没看到开出什么花来啊！”

“女人的爱，你一个大男人怎么会懂啊？你觉得没有开出花来，说不定她觉得已经满庭芬芳了呢！”

“我这个妹妹，一定是上辈子欠你的，欠你祖宗的，爱你爱得低声下气，想想连我都觉得没有尊严。”

“有一种冷叫你妈觉得你冷，你又不是她，凭什么对她的感受下定义。”

“你小子，凭着三寸不烂之舌，说得人五迷三道，神魂颠倒的。你呀，也就这点能耐。”

“语言就是思维，语言就是逻辑，我还没开始发挥呢！”

“发挥了会怎么样？地动山摇，海枯石烂？”

“我不发挥，发挥了怕你汗颜。”

“吹，又吹，吹不死你！”天青摇摇头，脸上却挂着笑意。

3

“月白，看！”

“看什么？”

“女人！”

“什么女人？在哪里？”月白扫视着花雨桥，四处探测。

“不在桥上，在底下。”

“哪个底下？”

“瞧把你慌的，在古松底下。”

月白的目光沿着天青的指示，看向古松，看见一个穿着白衣的长发女子，站在古松下的石亭里。女子的面前，摆着一副画板。画板上，一个红黑色的头像隐约可见。

女子一直低着头，像是完全没有觉察到桥上有人。

“你好，美女！你好！”天青用拉长的声音，对着女人大声喊道。

“你干吗？别喊了！你这样多不尊重人啊！”

“有一种不受尊重是别人觉得你不受尊重，说不定她正等我们喊她呢。美女，看过来，对面的女孩看过来。”天青近乎唱了起来。

“天青，你个浑蛋，你快别喊了。别吓着人家。”

月白一边嘴里絮叨着，一边直直地看向女人。他的心揪成一团，隐隐作痛。痛作用在他高度紧张的神经上，在他的眼中生成了泪水。

“是她！真的是她！”就在女人抬起头看向他们那一刻，月白感觉时间凝固了。他紧绷的神经瞬间松懈，只觉自己完全失重，像一片树叶飘浮在空气中，不知哪里是归宿。

“乔胭！原来她还活着！她没有死！”

从他肺腔里挤出的声音，压抑而铿锵。

“天青，你跟我一起下去好吗?”

月白的心早已飞到了桥下，可他的双脚却被一种无形的力量牢牢地定在了桥板之上，仿佛有千斤重的大石头压在他的脚面上，他竭尽所能，也无法抬起。

“你丫的，撩妹还要指望兄弟，你对得起‘空城假宝玉’这个伟大的名号吗？走走走，哥陪你一起下去。春眠不觉晓，撩妹要趁早。”

天青拉着月白走下桥阶，走过石桥，快到亭子跟前的时候，月白突然停下脚步，天青怎么拉也拉不动。

“别跟个娘们儿似的扭扭捏捏，就你这身经百战的，女人还能吃了你不成?”天青说着走到月白的身后，开始推着他走，直到把月白推到亭子上，他才转身闪离。

月白正要喊天青别走，就听见天青一声大喊：“江月白，你窝囊！”

第五章　遗梦

1

天青走后。

亭子里，月白和女人，面对面站着。

月白泪眼迷蒙，看着女人。

女人却不解地问道：“先生，你怎么哭了？”

“你不记得我了？”

“你是？”

“我是月白。”

“月白，这个名字真特别，可是，我不认识你。”

“我是月白，你是乔胭，你不记得我了吗？”

“你认错人了，我不是什么乔胭，我是木华。”

“你是乔胭。清风惊雀，不欠团圆，明月别枝，不少相思。”

“先生，你真的认错人了。”

“江心照月明，虹桥生紫烟。花雨桥，月白和乔胭，乔胭和月白，你怎么可能不认识我？”

“不认识，真的不认识。”

“可我认识你，也认识这个画板，还有这个画像。我们初遇时，在一个下雨天，在花雨桥上，你就是拿着这样的画板，和几乎一模一样的画像。”月白越说越激动，他不由自主地靠近女人，可是女人依然无动于衷。

“先生，请你自重，我真的不认识你。”

“还有你的裙子，你的白裙子，染了颜料的白裙子，我还说要给你洗裙子呢！你都忘了吗?”

月白觉得自己是在唤醒一个装睡的人，却不知道哪里是切入点，仿佛刚找到一件丢失已久、日思夜想的宝物，却怎么也无法证明那个宝物属于自己。

“先生，你可真有意思，你再这样，我可要生气了。看你年龄也不小了，怎么还像个孩子一样胡搅蛮缠，不讲道理?”女子的语气终于变得生硬，像是在向他宣示自己的尊严。

“不好意思，我有点过于激动了，抱歉。不过，乔胭，你再想想，我是月白，你没有理由把我忘得一干二净，怎么可能？你再想想，乔胭，你再想想，花雨桥上，你和我，我们……”月白情不自禁，伸手碰了碰女子的手臂。

“你别再说了，你这是耍流氓!”女子下意识地往后退了一步，语气变得急躁。

“耍流氓就耍流氓，我脸皮厚，破罐子破摔!”

“你说什么？你这个人要么是不知羞耻，要么是冥顽不灵!”

“那你呢？你明明认识我，却假装不认识，那你算什么?”

女子的反应激发了月白的倔强，他们的对话突然话锋大变。

“你是哪根葱？我为什么要故意不认识你？我吃饱了撑的?”

“你就是吃饱了撑的！要么是无聊透顶，要么就是故弄玄虚。”

月白也被自己的反应吓了一跳，觉得自己突然间又回到了12年前。骨子里的孩子气突然冒了出来，开始调皮捣蛋。

越是有人否定他认定的，他就越要想方设法证明。当他无法证明的时候，他就变得有些胡搅蛮缠。用他自己的话说，这是最原始的感性。只有极特殊的，让他极其信赖的人，才有能力激发他这样的感性。

当他看见乔胭没有死的时候，内心所有的自责和惆怅顷刻间一扫而空，他感觉自己重生了。可当女子说她不是乔胭，也不认识他的时候，他又被当头一击，突然蒙圈了。

这和他预估的“理所应当”太不一样。他记得她，就认定她也一定该记得他。

距他上一次见乔胭，已经有 12 年之久了，他全然忘了，这世上有“时过境迁”这回事。

2

“乔胭，原来你没有死啊!”

“我不是乔胭，我是人不是鬼，我当然没有死，请你不要叫我乔胭，我有自己的名字，我叫木华，李木华。”

“我不管你叫什么名字，在我眼中，你就是乔胭，就算你有1000 个名字，都没有用，在我这里，你就是乔胭，乔胭，乔胭!”

“你是不是有神经病?”

“是，我脑子进过水，被驴踢过，被门板夹过。”

在乔胭的世界里，月白就是这个样子，常常像个孩子一样无厘头地说话，撒娇，倔强。而乔胭呢，也总是放任他，和他一起疯一起傻。

月白说着说着，感觉自己又恋爱了。或者说，他又回到了那个本来就属于他的爱情故事里。在那个故事里，他其实从未真的离开过。

“我真是遇见鬼了!”女子扑哧一声，忍不住笑了。

“你笑了，你笑起来，卧蚕和梨涡都会调皮地跑出来，特别可爱，特别动人，我记得特别清楚。你就是乔胭，绝对没错，化成灰我都认识。”

“你才化成灰呢！”女子有些羞涩地低下头，脸上泛起红晕。

“对，对，对，就是这种感觉。乔胭一脸红，就会低下头，掩饰羞涩，可这羞涩，是那般迷人，总叫人欲罢不能。”

“我要走了。”

“不行，你不能走，你走了，我怎么找你？”

“你干吗要找我？我又不认识你。”

“你这人怎么这么不讲道理？刚才你都承认你是乔胭了，现在又反悔。”月白的脸上和语气里都出现难以掩饰的焦躁。

“我什么时候承认了？”女子瞪了月白一眼，又赶忙看向别处，像是害怕和月白的目光发生直接碰撞。

“你刚才的反应，你的表情，你的动作，你的神态，已经给了我肯定的回答。”

“那是你幻想的，我说我是那个什么乔胭了吗？”

“语言是世界上最苍白的表达。语言总是充满了掩饰、夸大、缩小、偏激的成分。但是，通过表情神态传达出来的内心却是难以掩饰的，总会出卖你。”

“大哥，你有臆想症吧？”

“大哥……对，你以前经常这样叫我，每当你叫我哥的时候，我就知道你快要发脾气了。”

“没错，我马上要发脾气了！”

“你看，你看，你又再次承认你是乔胭。”

“我是乔胭，你满意了吧？神经病！”

女子开始收拾画板，准备离去。

月白看着女子决绝的样子，顿时慌了神，好像他捡回来的宝贝，又要丢失了。

“你别走，你不能走。”

“我为什么不能走？”

“给我一分钟，我会给你一个完美的解释。”

“切，真无聊。”

“对，你走了，我会无聊，我会到处找你，会不知所措，会心灰意懒，会心烦意乱，甚至会哭爹喊娘，吃不下饭。”

“呵呵，你中文系的？”

“不是，我是艺术系里中文学得最好的。”

“我看你是中文系里表演学得最好的吧！行了行了，别演了，我真的要走了。”

“明明是你在演！猪八戒倒打一耙。”

“你才猪八戒呢！”

月白一边自由发挥，一边偷偷观察女子的表情变化，他发现她刚刚紧皱的眉头已经渐渐打开，她下拉的嘴角开始上扬，她原本有些呆滞的目光，也开始变得灵动。月白相信，她正在慢慢适应他的说话风格，她正慢慢走进属于他们的剧情。

月白知道，她有故事，他也知道自己绝对不可能认错人，就算他把自己认错了，也绝不可能将乔胭认错。

乔胭的反应虽然出乎他的意料，可他却并不懊恼。他知道，想要赢回乔胭的心，需要时间，需要等待，需要付出，需要智慧。

不管付出多大代价，他都要唤醒乔胭，不管她是真的忘了，还是假装糊涂。

因为只有在乔胭面前，他才可以在男人和男孩这两个角色之间随心转换，是乔胭成全了他的刚毅，也是乔胭纵容了他的软弱。就算他撒泼打滚吐唾沫，在乔胭的眼中，他依然是她深爱的可爱的月白；而在子颜面前，他却永远都只能是个男人，只能像高墙一样屹立不倒，来不得半点怯懦。

女子收拾好了画板，正要往亭子外面走去。月白展开手臂，挡在她面前：“你不能走，你走了，我怎么找你？”

“你找我干什么？要还我钱，还是要送我金条？”

“你怎么这么物质？你以前不是这样的。”

“我以前什么样？视金钱为粪土？”

"那倒不是，你以前，不为五斗米折腰。"

"我倒是想折腰啊，可是上哪找那五斗米呢？我真的要回家，不奉陪了。"

"你家住哪里？我送你回家！"

"你凭什么送我，谁给你这个权利的？"

"那我就跟着你。"

"你那是尾随，是跟踪，我可以报警抓你的。"

"那你报警好了，如果你忍心的话。"

"我有什么不忍心，你跟我有甚关系？"

"对，你的肾和我的肾，曾经是有某种关系。"

"你流氓！"

"我承认，在你面前，我特想要流氓。"

"你不是已经要了吗？"

"我还没有开始要呢！"

"你要是开始要会怎么样？"

"你会爱上我的，包吃包住包幸福！"

"臆想症！我认㞞，行不行？"

"你认㞞，说明你承认你是乔胭。"

"两者之间没有任何必然联系，请你不要混淆概念。我没时间跟你掰扯，我真的要走了。"

"不行，那你给我留个联系方式，微信、QQ、电话号码，三选一，或者三选三。"

"没有，我不用这些东西。"

"不可能，每个人都在用。"

"我不用，我不是人可以了吧？"

"或者，你给我写下你家的地址，我好知道去哪里找你。"

"凭什么？"女子抱着画板想要从月白的腋下钻过去。

没想到月白一个弯腰，又将她挡住了。

3

月白和女子正陷入戏谑的胶着时，电话铃声响了。

“你的电话。”乔胭提醒道。

“不用管！”

“你先接电话，万一有什么要紧的事儿呢？”

“这一刻，你最要紧。万一我一接电话，你就走了呢。”月白直起身，眼睛直直地看着乔胭，一脸焦急，仿佛在拷问她，为何如此捉弄他。

“我不走，你先接电话！”

“你发誓！”

“我发誓！”

月白这才拿出手机，一看来电显示，又将手机放回了口袋。不一会儿，手机再次响起，他才走出亭子，走到几十米远的石板桥上，接通了电话。

“张处。”

“你小子，居然不接我电话？”

“哪有啊！正在案发现场，没有听见铃声！”

“怎么样？有什么发现？”

“溪水很浅，溪床上有许多大小不一的石块，发现死者的位置旁边，刚好有一块直径 50 厘米左右的大石头。石头的上半部分露出水面，上面的血迹还清晰可见。死者掉下去的时候，头部应该正好撞到了大石头上。”

“嗯，这些信息和当地公安局提供给我的一致，有没有别的发现？”

“暂时没有别的发现。”

“要加快速度啦，死者身份特殊，担待不起啊！”

“我明白，一有新发现，我第一时间向您通报！”

“真的吗？我们月白神探的‘第一时间’，不是很靠谱啊！”

“张处，您可真会说笑，我哪是说话不算话的人哪。”月白说着，眼睛却一直看着亭子，生怕女子突然消失。

“你就别不承认了，咱们合作多少回了，哪次都说第一时间通报，哪次不是我等得花儿都谢了。”

“张处，破案不是吃饭，入口就知菜的味道，很多时候，案情的真相是需要等待的！”

“我明白，破案还是我们的江大侦探在行！另外，听说死者在当地的情妇众多，是不是可以从这一点入手，寻找突破口？”

“谢谢张处的提醒，我会留意的。”

挂了电话，月白走回女子跟前。

“你接完电话了，我可以走了吗？”

“当然不能！你在意我的感受，说明你心里有我！”

“先生，我天生善解人意，并不是唯独对你，你就别自作多情了！”

女子说着又要离开，月白一把搂住了她。女子正推搡着，看见天青从远处走来。

“干吗呢，干吗呢？江月白，你霸王上弓，强买强卖啊？瞧你那点出息！”天青一边大步走向亭子，一边大声喊道。

“天青，你来得正好，她明明是乔胭，却不承认。她为什么不承认，你说她为什么不承认她是她自己？”月白期待地看着天青，像是在等待一个救世主救他于生灵涂炭之中。

“也许，她也不知道她是她自己。比如……”

“什么意思？比如什么？”

“比如，她失忆了。”天青凑近月白的耳朵。

“天哪，不会是那次台风……”月白恍然大悟，垂下双臂，随即向女子鞠了个躬：

“女士，实在抱歉，我刚才冒昧，让您受惊了。”

“没关系，我走了。”

“喂，女士别走啊，一起吃午饭吧，正好到饭点了。”天青连忙喊道。

“对对对，一起吃个饭。就算是萍水相逢，也是缘分，一起吃个饭总可以吧？”月白连忙附和道。

“女士，你放心，有我在，他不敢犯浑。”天青对乔胭说。

“我哪里犯浑了？我就不是那样的人！”月白一想到女子可能得了失忆症，立刻转变了态度，从刚才的胡搅蛮缠变成了毕恭毕敬。

“女士，一起吃个饭吧？我现在郑重邀请您，刚才真的是我冒昧了。”

“好吧，但是我要先把画板拿回家。”看着月白转变了态度，女子似乎也放弃了抗争。

“可以，可以，我们送你回去。然后咱们再一起去饭店。天青，你找家靠谱的饭店。”

“好嘞！没问题。”

“不用，真的不用送我，你就告诉我哪家饭店就行，我自己过去。”

“万一你不来怎么办？”月白还是不放心。

“我一定会去的，答应你们的一定会做到的。”女子看着月白，承诺道。

女子的目光和月白的目光在一个不可捕捉的瞬间发生了犀利的碰撞，月白的心醉了，美好到不可名状。

“定了花雨楼，就在桥边上，你先回趟家，我们在这等你。”天青对女子说道。

“花雨楼，别忘了，你一定要来，不然我会到处找你的。”月白说到“会”字的时候，停了几秒，刻意压低声音，才慢慢地把后面几个字说完。

“我会来的。”女子的语气沉着而肯定。

女子抱着画板，匆匆离开了石亭。月白一直看着她的背影，直到一抹白色从眼中彻底消失。

天青和月白来到花雨楼，坐下来，点好了菜。

月白一直盯着餐厅门口，盼着女子快些到来。

可半个小时过去了，女子还没有出现。

“怎么还不来?”

“你别急，这才刚过了半小时，人家走回家，还得走回来，一来一回的。再说了，你也得容许人家回家上个厕所，照照镜子，化个妆什么的。”

“不可能，她不会为了我化妆的，她连她自己的身份都不承认。”

“她不为你化妆，就不能为我化妆吗?合着天底下的女人只为你活着?”

“如果她们都不为我活着，也绝对不会为你活着的，你放心。”

“我才不要让她们为我活着呢，累!”

“所以你才不结婚的?”

“别哪壶不开提哪壶，我不结婚，碍你啥事?我又没让你给我生娃。”

“这个可以有，我愿意。”

“哈哈哈，拉倒吧，我怕你把哭鼻子的臭毛病遗传给我的后代。一个男人动不动涕泪俱下的，我想想都觉得害怕。”

“什么涕泪俱下，那叫梨花带雨，风情万种，你不懂的。她怎么还不来?”

“她会来的，有人请吃饭，她干吗不来，谁不来谁傻。”

“你以为你是潘安，你请吃饭，别人就非得来?”

“谁说我请吃饭?你撩妹，我出谋划策，已经够意思了，难不成还让我破费?”

“那你就是承认，你是灯泡了?”

“我承认，我是灯泡，1000 瓦，够不够亮?”

“够够够。你说万一她不来，怎么办，怎么找她?”

“你当你们这个巴掌大的小镇是地球村啊？这么点儿地方，还怕找不到人？打听一下就行。”

“我以为她在洪水中失踪了，一直都没有勇气面对这个事实。洪水过后，我打电话给平顺公安局，查不到她。‘乔胭’这个名字在平顺居民的名单里消失了，这让我更加确信，她已经不在人世了，所以没有回来找她。我当时应该回来打听打听的……”天青那一句，点到了月白的痛处，他心里一惊，对当年的自己产生了某种不解和懊恼。

“什么洪水？你早就认识她？你和她之间到底发生了什么?”

“说来话长，以后慢慢跟你说。”

“那就别说了，谁知道还有没有以后呢?”

“我以为她死了，以为她被大水冲走了，以为……新闻报道说，失踪的人口里有一个20岁出头的女画家。”

“平顺是个有名的古镇，来这里写生的人不少，有另一个20岁出头的女画家，也是有可能的。你在新闻里听到过她的名字?”

“没有，新闻里并没有出现失踪者的名字。”

“那你怎么就认定她是失踪者之一?”

“花雨桥倒塌的时候，我看到了她的画板漂在河水上。”

“就凭一个画板，你就断定她被水冲走了？你也真够可以的。原来你睿智高级的大脑，也有断片的时候啊。”

“当时，我被一种极端的情绪左右了，因为过分内疚、自责，失去了寻找真相的能力和勇气。”

“我说什么来着，肉眼所见，往往蒙蔽人心。”

“你说的没错，亲眼所见，也许是假，道听途说，怎能当真?”

“这个时代，什么东西不能造假啊，判断是非只能靠悟。”

“她怎么还不来?”月白心急如焚，望眼欲穿地看着餐厅大门。

“她要是不来，我给你找一个一模一样的，行不行?”

“不仅要外表一样，内心也要一样，灵魂也要一样的，经历可以不要一样的。”

“要求这么高，克隆是不行了，复制一个，把经历用程序改一下。不过这样的话，也得复制一个你，把你的某些记忆给删除了，你们才能从头再来。”

“如果真的可以那样就好了。天青，谢谢你。”

“又发神经，你一说谢我，我就颤抖，不知道你葫芦里卖的什么药。”

“春约。”

“只要不是毒药就好。”

“说真的，你可是子颜的亲表哥。”

“又来了，别说是她亲表哥了，就算是她亲爹，又能奈你何?这是你们的家务事，我只过眼不过脑，更不过心。不过，我有一种可怕的预感。”

“什么预感？怎么可怕了?”

“我预感，遇到这个女人之后，你灵魂里的巨婴会爬出你的身体，折磨世人，甚至毁灭地球。而我很可能成为第一个牺牲品。”

“我对牺牲品的要求很高的，你这样的连海选都过不了。我的牺牲品必须是个伟大的殉道者，他牺牲以后，会引起活人痛哭流涕，捶胸顿足，让死人羡慕嫉妒恨。”

“这么高大上！看来我还真是不够资格。你说我这样的，要是牺牲了，恐怕也只有你会掉几滴清泪，聊以祭奠我们一起走过的山川岁月。你的眼泪虽然泛滥，不值几个钱，我也只能饥不择食，勉强受用了。”

“拉倒吧！为你，我连眼屎都不会贡献的，更别说眼泪了。我的眼泪只奉献给女人，这是爱的奉献。”

“唉！怎堪我仰天长啸，向隅而泣。如果我不是第一个牺牲品，那个什么乔胭，会不会是?”

“如果我是巨婴，乔胭就是我的港湾，能在我哭泣时为我提供温暖的怀抱，她又怎么会是我的牺牲品？只有当一个男人爱极了一个女人，才会在她面前表现自己的脆弱，因为他对这份爱深信不疑，对她深信不疑。所以说，真爱就是让你能够勇敢地做你自己。”

“对，做是关键。”

“你个孙子，满脑子淫欲之思。”

“你才淫欲呢，不是你说做自己吗，又不是和自己做。”

“楚天青，你个败类。就知道满嘴跑火车，从来不动真格。”

“我动真格的时候，你还没出生呢，再说了，你咋知道我没有动真格？非得直播给你看，才算数？”

“你快别埋汰我了，我不稀得看，你快闭嘴吧，还好没吃午饭，不然该全吐出来了。对了，她怎么还不来，我的乔胭怎么还不来？你个孙子，差点把我的正事儿给聊忘了。”

“来了！”

“哪儿呢，哪儿呢？”月白像弹簧一样从座位上弹了起来，眼睛直直地盯着餐厅入口。

“不出两分钟，准出现。”

“你咋知道的？”

“我看到的，从我的角度看到的。”

“那我怎么没有看到？”

“因为我和你的角度不一样，你朝东，我朝西，而窗户在西边，角度很重要。”

“那咱俩换个位置。”

“换什么换？人都走过了，江大才子！沧海月明珠有泪，蓝田日暖玉生烟。此情可待成追忆？只是当时已惘然。再说了，位置好换，换角度可难喽。”

“芙蓉湖上芙蓉花，秋风未落如朝霞。君如载酒须尽醉，醉来不复思天涯。咱们中午一醉方休？”

“你当你是李白啊，举杯邀明月，对影成三人？”

“乔胭，你终于来了。”月白喜形于色，仿佛一个孩子终于等到了梦寐以求的玩具。

4

“你总算来了，我刚才一直提心吊胆的，想着万一你不来，我该怎么办呀！”月白歪着头，看着女子，眼睛里闪着童真的光芒。

“来与不来，有何不同？见或不见，有何区别？”

女子冷冷地应了一句，在天青的对面坐了下来。

“你来或不来，我就在这里。你在或不在，爱就在这里。你记得的对吧？12 年前，我最后一次见你，你对我说的最后一句话，就是这一句。”

“这一句诗，谁都会，说明不了什么。”女子低着头，小声说道。

“喂，才子佳人，咱们能不能先吃饭啊，吃饱喝足了，再吟诗作对如何？女士，想吃什么菜？”天青说着想把菜单递给女子。

“我来给她点，她喜欢吃春笋肉末，还有干锅钉螺，还有肠衣糯米、带鱼粉片汤，还有……”月白接过菜单，如数家珍似的念了起来，在菜单上认真地翻找。

“喂喂喂！月白兄，月白兄，江月白。”天青给月白使了个眼色。

“哦哦，不好意思，还是你自己选吧。”月白如梦初醒，把菜单递给了女子。

“我吃什么都可以，你刚才说的那些菜，也都是我爱吃的。”女子的脸上露出了淡淡的微笑。

“我就说嘛，就算她得了失忆症，很多兴趣爱好是不会变的，就像她画的红与黑的头像，她喜欢吃的东西，都是不会变的。你是乔胭，你要相信我，我不会欺骗你的，就算我欺骗全世界，也不会欺骗你的。你知道的，对不对？”

“我……”看着月白盯着自己，女人一声长叹，不知作何回答。

“江月白，你吃不吃饭了！你要是想饿死，别找我们陪你。”天青突然一声大叫，把女子吓了一跳。

“你别叫，叫什么叫！看你都把她给吓着了。”月白对着天青也是一声吼。

“到底谁把她吓着了？明明是你，丧心病狂似的缠着人家。”

“那你让她自己说，到底是谁把她吓着了。”

月白和天青你一句我一句，像是在斗嘴，又像是在交流。

“我们还是吃饭吧。我要带鱼粉片、九层糕和霉干菜炒木耳。”

女子拿过菜单，开始点起了菜。

“好好好，也都是我爱吃的。”月白的语气短促而轻佻。

“瞧你那点出息。”

天青一个白眼抛向月白，月白做了个鬼脸。

第六章　闻殇

1

“乔胭，你快跟我说说，这些年，你到底经历了什么？”

午饭时，月白无心吃饭，目光不自觉地停留在女子的身上。

每隔几分钟，他就向女子抛出一个问题：

这些年到底去了哪里？

一直都住在这里吗？

还是去了别的城市？

有没有结婚，有没有生孩子？

有没有考入中央美院？

有没有想我？

现在做什么工作？

天哪！你不会从来没有想起过我吧？

以后有什么打算？

…………

而他心心念念想问却没有问出口的问题是：你当时到底在不在桥上，有没有被大水冲走，是不是有人救了你，你是不是真的失忆了？

因为月白知道这些问题会刺痛乔胭的神经，转而再次刺痛他自己的神经。

可不管他怎么问，女子都没有作答。

坐在一旁的天青无可奈何地看着月白，觉得他可笑又可怜。

“你唐僧啊，问题这么多！没完没了，也不给人家思考的时间。”

“这些问题需要思考吗？这些问题的答案不是应该一直在她的脑子里存着吗？”

“你个没心没肺的，万一，万一她……”

“哦，对对，万一她……”

天青这么一说，月白仿佛醍醐灌顶，立刻安静了下来。

三个人一言不发，只听见彼此咀嚼菜品的声音。

静默了几分钟后，月白终于又忍不住发话了。

“你看，你不让我说话，多尴尬呀！大眼瞪小眼的。”

“你们是来这里旅游的？”女子问道。

“不是，我是来……是，我们是来旅游的。”

月白不知道他话里的转折是否被听出来了。

“你们这里的风景真好，是个能出大片的地方。”天青说道。

“我不是这里人。”

“你不是这里人？那你是？”

“我刚从日本回来不久。”

“怎么可能？你的老家不就是这里吗？乔胭跟我说过，她生在这里，长在这里。”

“我不是乔胭，我叫李木华，我只知道，我出生在上海，后来举家到了日本。”

“不可能，绝对不可能！乔胭明明跟我说，她就出生在平顺古镇。”月白使劲摇头。

“你没长耳朵啊，她说了，她不是乔胭。她叫李木华，你能不能暂时把乔胭给忘了？”天青重重地放下手中的筷子，端起茶壶，将女子杯中的茶水倒满。

“你接着说，你慢慢说，我们慢慢听。”

“我没有什么可说的了，我只是想让你这位朋友知道，我真的不是什么乔胭，我叫李木华，一直住在日本，只是偶尔回到中国旅游写生，我毕业于日本东京大学美术系。我不想让不相干的人为我牵肠挂肚，我会有罪恶感。谢谢你们请我吃饭，我吃好了，我要走了。”

“木华，你先别走。你看，我已经12年没有来这里了，这里变化非常大，旅游资源开发得越来越好了。既然你也是来旅游的，不如大家一起喽。”

月白迫不及待地想要看看女子的反应，与其说是在等女子的语言反馈，不如说是想看看女子听到他叫她木华时的神态变化。

可惜女子的表情十分平静，没有丝毫涟漪，月白很难判断她当时的心理活动。

“来这里写生，只是喜欢画古廊桥，对于其他景致，并无太多兴趣。”女子轻声说道，像是委婉地拒绝。

“平顺有许多古廊桥，花雨桥只是其中具有代表性的一座，泗水桥、记下桥、如烟桥，都各有一番风味。不如咱们一起去写生，把这些桥都画下来？”月白觉得，女子的谎撒得太没有水平。她说她只画廊桥，可她的画板上明明是个人像，与廊桥毫不相干。

“你也是学艺术的？”

“我就是学油画的。”

“那你现在？”

“我现在做书画收藏。我很喜欢你的画，希望有机会和你多沟通交流，也希望能收几幅你的画。”

“谢谢，我不卖画的。”

“当然，如果你送给我，我也不会介意的。”

“像你这样直接让别人送画的，还真是不多见。”

“我脸皮确实比一般人厚一些，好在这一点，我自己也是心知肚明的。”月白说这一句的时候，天青扑哧一声笑了。

“看你终于恢复人模狗样了，我出去走走，拍点照片，你们接着聊，千万别着急，一定要慢，越慢越好。单我先买了，好让月白兄聊得尽兴，无后顾之忧。”

2

天青说着，往餐厅大门走去，刚走了几步，又突然停了下来，转过身看着月白：“对了，我刚在旁边的街上，看到有个人家里设了灵堂，放着副黑色的大棺材，棺材两边放着花圈，棺材上面，挂着个遗像，死者看样子也就40岁出头。”

“这有什么奇怪的，明摆着是谁家死了人。你就别在这里打岔了。”月白朝天青挥了挥手。

“可是，有一件奇怪的事情：我问他们谁去世了，他们都不回答，一个个都凶神恶煞的，整得好像是我杀了人家。”

“呸呸呸，你快别瞎说了，人家家里刚死了人，必定悲痛不已，哪有闲工夫搭理你啊！”

天青的话，提醒月白，该去灵堂看一看了。乔胭的出现，淡化了他的使命感，本来最该去的地方却迟迟未去。

只是，灵堂，他要一个人去，也只能一个人去。

“这里的风俗，可真是奇怪，把棺材直接放在灵堂上，还敞开大门让人随便看，那你说棺材里面到底是空的呢，还是？想想都觉得瘆人。”天青接着说，摆出一副十分害怕的样子。

“棺材应该是空着的。”女人插了一句。

“你怎么知道？”天青问女人。

“我也是猜的，听当地人说，灵堂一摆就是十天半个月的，棺材里要是有逝者的遗体，这大热天的，早就发出恶臭了，周围的人怎么受得了？这也是对逝者极大的不尊重。除非……”

“除非什么?”天青问道。

“除非是副水晶棺材，有冷冻功能的。”

“我看不像，就是普通的木质棺材。”

“天青，你走不走啊，能不能有点眼力见儿?”

天青这才意犹未尽地走出了餐厅大门。

天青走后，女子和月白，一语不发，安静地坐着。

月白不敢看女子的脸，仿佛从他假装接受她是李木华的那一刻起，他和她突然有了某种距离感，这种距离感，让他觉得既陌生又神秘。

静默了一段不可测量的时间后，月白提出，去花雨桥上走一走，女子顺从地点了点头。

月白和女子，一前一后，走上石阶，走上花雨桥。走到乔胭支画板的方位时，月白停了下来，转过头看着女子。

“这里就是我和乔胭相遇的地方。以前，她总把画板支在这个角落，她说，站在过于平衡的中心点，容易错过世界最极致的美，偏一点反而会有惊喜。是的，人类的悲哀之一，就是过分注重平衡感，而艺术常常打破平衡，撕裂秩序，冲破禁忌。”

“也不一定吧，极致的秩序，也能产生让人意想不到的艺术效果。要看秩序出现在什么样的环境里，如果杂乱污秽的垃圾堆里出现一摞摆放齐整的书，你会有艺术的感觉。又比如，将颜料随意地泼洒在空无一物，四四方方单色的房间里，也会有艺术的悸动。”

“你是说对比?”

“是的，新旧，美丑，善恶，悲喜，远近，大小，黑白，等等，对比能营造出极佳的艺术感觉。”

“对比会产生张力，张力带来的深刻的视觉体验，反馈在神经和心灵上，形成艺术的冲动。”

“没错，冲动！艺术需要冲动！哪怕冲动是一种错误。”

“艺术没有对错，没有是非，只是一种感觉，好与坏，很难名状，懂的人一眼就懂，不懂的人，就算说破嘴，也依然不懂。所以，与其说艺术是一门学科、一门知识，不如说是一种领悟、一种须臾的感觉。”

“艺术是一种很玄的领悟。我觉得任何给艺术下的定义都是对艺术的侮辱。”

“乔胭也这么说过。木华，你和乔胭太像了。”

“世界之大，无奇不有，都说世界上没有两片树叶长得一模一样，可是这世上长得像的人，却大有人在。”

“是的，如果不是你俩出现的时间间隔太短，我会相信，她是你的前世，你是她的今生。”

“前世也好，今生也罢，光阴荏苒，唯有当下。乔胭是乔胭，木华是木华，就算木华是乔胭，此刻的乔胭，也早已不是彼时的乔胭。”

“曾经沧海难为水，除却巫山不是云。”

“锦瑟无端五十弦，一弦一柱思华年。乔胭与木华，不过是个名字罢了，你又何必痴缠？”

“你说的对，管她木华还是乔胭，站在我眼前的是活脱脱的你，有血有肉有气息。就算再给你取 100 个名字，从小红、小丽，到紫藤、百合，你不还是你吗？不过话说回来，我还是最喜欢乔胭这个名字，小乔胭脂染，恰粉若芝兰。”

“木华红尘处，光阴何堪伤。”

“乔胭！”

“木华！”

乔胭和木华，木华和乔胭，一样的载体却有着不同的精神实质。月白明知这样的不同，却不得不说服自己放下执着，慢慢接受乔胭已经蜕变成木华的现实。现实很残酷，可所有的残酷跟乔胭的死相比，都一文不值。

只要乔胭还活着，月白就活着。

拥有一颗死而复生的心，月白只觉世间再没什么凄凉，再没什么可仓皇。

他愿意抛开一切，用余生慢慢悠悠地补偿。

他对自己说："余生很短，要学会风轻云淡；余生很长，也可力挽狂澜。"

3

"你什么时候回日本？"

"快了，大约10天以后。"

"10天，10天很长，10天也很短。"

"你呢，准备什么时候走？"

"我还不知道。"

"人的来去有时候就跟生死一样，很难自己抉择。"

"你总是这样，突然就陷入悲观。"

"悲观是这个世界的本质。"

"世界哪有那么悲观？"

"这种小鸟日本也有，我看着格外亲切。"木华走近桥窗，伸手轻触从外探入的古松枝条，轻声说道。

"树梢上停着两只鸟，并非同类，你指的是哪一只？"

"你觉得是哪一只，就是哪一只。"

"我猜你说的是绿色的那只。"

"你怎么知道？"

"因为黄色那只是黄腹角雉，这种鸟，日本没有，只有国内有。而且乔胭画过这种鸟，还知道鸟的故事。不过说来奇怪，以往平顺的黄腹角雉只栖息在乌岩岭，今天却破天荒地站在这松枝上，到底发生了什么？"

"也许，它只是厌倦了一成不变的生活环境，不想继续留在景区，被人类不停地叨扰。"

“也许，它也想换个名字，远离当下的苟且，出来寻找它的诗和远方。”

“也许，它只是受伤了，找不到家的方向。”

“也许，它只是假装受伤，不想让人看出它内心的向往。”

“也许，根本没有也许。”

“也许，它正等着我们救它。不行，我要救它。我最见不得小动物受伤了。”

“谁说它受伤了？”

“万一它受伤了呢？”月白皱起了眉头，仿佛感受到了小鸟受伤后的痛楚。

女子摇了摇树枝，惊醒小鸟。它拍了拍翅膀，使劲扑腾几下，从枝头，飞落到了桥板上。

“看来，我们是多此一举了。不然，它还能在树梢上安安静静地待上一会儿，和另一只小鸟一起，享受浪漫的时光。”

“没有刚才那一摇，又怎会有现在的知道，人生哪有什么早知道？”

女子虽然死不承认自己是乔胭，可她每一次开腔，都像极了活脱脱的乔胭。木华喜欢哲学探讨，有很强的思辨能力，喜欢引用诗词和成语，这一切，恰恰都是乔胭的特点。

“你的手怎么了？”女子的手腕处露出一个疤痕。月白只瞟了一眼，就觉得触目惊心。

“没什么。”女子快速将手收回，将伤疤藏回了袖子里。

月白伸手一把握住女子的手臂，掀开她的袖子，两道3厘米左右的疤痕交叉刻在她的小臂上，像极了一个“X”。

“谁弄的，到底是谁弄的？”

“是我自己不小心弄的。”女子挣扎着，想把手从月白的手中挣脱出来，月白却握得更紧了。

“你告诉我，怎么弄的？你不说清楚，我绝不松手。”

“是我卷头发的时候，不小心被卷发棒烫的。”

“骗人，你又不是左撇子，右手拿卷发棒，怎么可能烫到右手的手腕？再说了，这个疤痕明明就是个刻意为之的图案。”

“怎么不可能？如果是我自己故意的，就有可能。”

“你自己故意弄的，为什么？你为什么要这么做，为什么要伤害你自己？”

月白感觉自己的心被戳了一下，眼眶湿润了：“告诉我，你为什么要伤害你自己？乔胭，告诉我！”

“你放开我，我的事情不用你管，我再告诉你一次，我不是什么乔胭，我是李木华！你给我记清楚了！”女子使劲晃动右手手臂，语气冷漠而凛冽。

“乔胭，你不要这样折磨我，不要这样折磨你自己。”

月白一个拉拽，女子一个趔趄，倒在了月白的怀里。

月白紧紧地搂着女子，亲吻着她的头发。

“你为什么要骗我？连你头发的香味，我都记得。曼陀罗！你的头发里面是曼陀罗的香味，我永远都不会忘记。”

女子用力将月白推开，朝桥下的石阶跑去，她转变之快，让月白措手不及。等女子跑出视线，他才迈开腿，朝她跑去的方向追了过去。可是，女子却像人间蒸发了一样，不见踪影……

“月白，怎么了？火急火燎地跑什么呢？”

“乔胭，乔胭不见了。”

“在哪里不见的？”

“就刚才，看着她跑到拐角，我追了上来，她却不见了。真奇怪，这个地方就只有一条路。”

“别急，放心，我一定替你找到她，你相信我。”

“你凭什么这么肯定？”

“别忘了我是记者！”

“天青，你一定要找到她，她有事儿！她肯定有事儿。”

“她有什么事儿，她到底怎么了？”

“她的身上有伤疤，很大的伤疤，看起来像是灼伤，不正常，太不正常了，以前，她身上很光滑，很干净。她一定是被人虐待了，我要救她，天青，我们要救她。都怪我，这 10 多年，没有来找她，没有关心她……”月白陷入了深深的自责，仿佛乔胭所有的不幸都是他造成的。

“好好好，你别急，我打听打听看她住在哪里。”

第七章　秘探

1

“天青，你可回来了，怎么样，有没有乔胭的消息?”

打开宾馆的房门，看见站在门口的天青，月白迫不及待地问道。

“已经布下天罗地网了，天黑之前一定会有消息。”

“还要等天黑，万一，她一生气回日本了，怎么办？以后怎么找她呀？都怪我，当时没有及时追上去。”

“就是啊，你当时到底迟疑什么?”

“我也说不清楚，就是有点倔强，有点怨怒，她明明是乔胭，还隐名埋姓，故意折磨人。”

“你才折磨人呢，人家活得好好的，你突然跑过来一顿搅和，搅得人家心神不宁，心烦意乱的。”

“怎么是我搅和？本来这个事情很简单，旧友重逢，是件美好的事情啊，明明是她，非得搞得这么狗血。”

“什么旧友，别埋汰这个词儿了，老情人就老情人呗!”

“我不允许你这么叫她。”

“不允许，你想怎么的，决斗？她不是你的老情人是什么?”

“她是我的爱人，不是我的情人，我对她的爱是崇高的，‘老情人’这个词太粗俗。”

“拉倒吧，既然她对你来说这么重要，那你当年为什么不回来找她？12 年！不是 12 天。”

“我不是说过吗？我以为她死了，而且是因我而死。”

“为什么因为你，她被洪水冲走了和你有什么关系？洪水是你造的?”

“子颜来之前，我天天跟她在一起，子颜来了以后，我就不敢去看她了。可是我心里明白，她每天都在桥上等我，直到台风那天，桥塌了……我知道我是个浑蛋，是个懦夫！可是，你知道的，我也不想伤害子颜。”月白说得动容，天青开始于心不忍。

天青懂月白。月白博爱，他宁愿所有的苦都自己受，所有的难都自己当，也不想任何人因为他受伤。

可事实上，他越博爱，越想面面俱到，因他受伤的人就越多。在天青看来，这是月白人生最大的豪迈，也是最大的悲哀。

“行了，行了，别哭，不许哭，信不信我削你!”

“我也不想哭，可上帝就这样造的我，我也没有选择，我也想像你一样，从来不掉一滴眼泪，对什么事情都无动于衷。”

“得，你千万别夸我，我怕。我估计上帝捏你的时候，本来是要捏一个女人的，不小心打了个盹儿，安错了生殖器。”

“我恨上帝!”

“我恨你！言归正传。我把乔胭，不，李木华，大爷的，到底是乔胭，还是木华，我把她找回来，你准备怎么处理?”

“我现在还不知道，但是，有一点是肯定的，我绝对不会让她再从我的世界里消失。”

“拉倒吧，她消不消失，是你控制得了的？你还要软禁她不成?”

“没错，我要软禁她，用我的爱，和我对她的好。”

“有一种爱是你觉得她被爱，有一种好是你以为你对她好。”

“别人我不确定，但是，我给乔胭的好，一定是她想要的。”

“可问题是，人家现在已经不是乔胭，人家现在是木华，李木华！”

“李木华只是暂时的，她之所以成为李木华，是因为我的缺失，既然我又回到了她的生命中，她一定会重新变回乔胭的。”

“你咋那么自恋呢？时过境迁，人都是会变的，分分秒秒都有不同，何况你们分别了12年。”

“爱是不会变的，变的只是外在。不管流光岁月，如何婆娑摇曳，至真至爱，永生不变。”

“没想到，你这个当代西门庆，也信真爱。”

“西门庆之所以是西门庆，是因为潘金莲并非他的真爱。说来，我很同情西门庆。”

“你同情他干什么？你先同情你自己吧。”

“从某种层面上讲，武大郎比西门庆幸运多了。”

“为什么，你又有什么歪理？”

“武大郎遇到了真爱啊，潘金莲是他的真爱啊！只有遇到真爱，才能心无旁骛地付出，不计较得失，那种极致的爱情体验是灵魂感受的巅峰。别人都觉得武大郎惨，可我觉得，一个人若能为真爱而死，最多是悲壮，绝对不悲惨。不过这个，你这种没有谈过恋爱的人是不会懂的。”

“一句话，有一种惨，是全国人民都觉得武大郎惨，除了你江月白。”

“总结得到位，天青兄是个人才。”

“那你准备怎么处理你家里那一位？”

“谁？”

“这都问得出来？”

“你是说，子颜？”月白在说出“子颜”两个字前，停了几秒，表情变得沉重。

“不是子颜是谁，你个孙子，不会还有另一个家吧？”

“你别胡扯了，正经点儿。子颜，子颜，我……”月白闪烁其辞，不停地叹息。

“小样儿，难住了吧?”

“顺其自然吧!”

“怎么顺其自然？说说看。”天青的语气也变得严肃而沉重。

“听心的指挥。”

“怎么指挥?”

“现在我还不确定，但是，我相信感觉会告诉我怎么办。”

“你爱乔胭，可你也爱子颜，对不对?”

“对，只是两种爱不一样。”

“有什么不一样?”

“子颜是一套碗筷，乔胭是一个红酒杯。”

“人可以不喝酒，但是不能不吃饭。”

“我曾经也这么认为，可是现在我觉得可以不吃饭，也可以不喝酒，但是我会渴望红酒杯的香艳。”

“可如果你天天端着红酒杯，那香艳也会渐渐变成一种常态，甚至累赘。”

“如果你爱的不是酒杯，迷恋的不是酒精，而是红酒杯带来的精神体验，你又怎么会厌倦？当然，前提是，你要找到一个足够好的酒杯，不管倒入什么酒，都能生成高级的味觉体验和思想精髓。懂酒，你喝的是品位；不懂，只能信赖酒精。”

“子颜，为什么不能是酒杯?”

“她可以是酒杯，只是在我面前不是，在我面前，她太容易成为碗筷。也许她在别的男人面前，就是一个完美的酒杯。”

“这么说，你认为，是你压抑了子颜该有的随性随心的美?”

“不是，是她压抑了她自己。”

“怎么说?”

“她对爱、对我没有信心，潜意识认为只有牺牲才能成全爱情，可我，最抵触牺牲。如果两个人爱得真切，哪需要什么牺牲？一个人为另一个人的任何牺牲行为，都是在逼迫对方被动接受自己的付出。牺牲，换一个角度来说，就是自私，是道德绑架。”

“如果我为你死，就是逼迫你接受我为你死带来的痛苦？”

“没错，最后，你会发现，因为别人为自己而死所承受的痛楚，甚至要远远大于死本身带来的痛苦。而且，牺牲者是自愿的，是一种主观选择，可被牺牲者，却是被动的，是无法选择，只能承受。所以，任何的牺牲行为，在我看来，本质上都是一种精神操控。”

“可对于牺牲者来说，也许牺牲并不是一种痛苦，也不为难，是他认为该做的事情，牺牲的过程甚至可能是一种享受。”

“有一种牺牲叫别人觉得你牺牲。”月白刚说完，就听到手机铃声，“我出去接个电话。”

“张处，您好！”

“调查得怎么样了？有没有进展？”

“还没有新的发现。”

“得抓紧，上面盯得紧，我的乌纱帽都摇摇欲坠喽！”

“我明白。”

“这个案子，是我这几年接手的最棘手的案子，我把希望都寄托在你身上了。”

“我一定尽力而为。”

“尽力而为可不够！要脑洞大开，要鞠躬尽瘁！”

“明白！请您放心！”

“希望你真的明白，江大才子！先把风花雪月的事情放一放，现在是月黑风高！一定要注意保密！”

“明白！请您一定放心！”

挂了电话，月白一个深呼吸，走回到天青身旁。

“我出去一趟，如果有乔胭的消息，电话联系。”

“你去哪儿呀？要我跟你一起去吗？”

“不用，我办点公事，你去了不方便。”

“什么公事？你小子遮遮掩掩的，就不能让我知道？”

“有的事情，还是不知道为好。少知道，少烦恼。你一定要找到乔胭，不然咱俩连兄弟都做不成了。”

“兄弟就这么不值钱啊？女人如衣服，兄弟如手足！”

“拉倒吧，关键时刻还是女人能派上用场。有乔胭的消息，第一时间通知我。”

“知道，知道！婆婆妈妈的，怕我挖墙脚？”

“我才不怕呢，我对竞争对手的要求也很高，你最多过海选。”

3

月白从双肩包里拿出白色的鸭舌帽，换上黑色的板鞋，戴上墨镜走出宾馆大门。

在平顺古镇的中心大街平清街上，他若无其事地走着。他走走停停看看，看起来十分随性自然。

走到 52 号的时候，他拿出手机，从各个角度拍照。他一边拍，一边接着往前走。走到 56 号的时候，有个大胡子男人冲了出来，指着他，大声嚷着：“别拍了，别拍了！拍什么拍，没见过灵堂啊？”

“不好意思，不好意思，我就是觉得好奇。我从空城来的，没见过这样的灵堂。”

“好奇什么啊？没见过死人啊？你说你们这些城里人，无聊不无聊，见啥都拍照，一点忌讳都没有！”

“忌讳啥，棺材里又不可能真的有死人，灵堂不就是个摆设吗？

干吗这么较真？干吗不让拍照？”

“就不让拍，要是惊动了我们大哥的在天之灵，小心我办了你！”男人瞪着眼睛，一副要吓死月白的样子。

“是你们老大？这位大哥，不好意思，多有得罪，多有得罪啊！我外地来的，不懂规矩，您大人有大量，别跟我一般见识。”

“行行行，快走吧，别在这儿添乱。”

“我最佩服枭雄，振臂高呼，叱咤风云，气吞山河！能成为像您大哥这样的人，是我的理想。”

“什么什么？‘削熊’？小心我削你，我们大哥明明就是英雄，手底下多少个弟兄死心塌地跟着他，凭的是什么？”

“是什么？”

“人品啊！没有人品，怎么得人心呢？”

“对对对，您说的特别有道理，得人心者得天下。”

“对对对，就是这句话，我书读得不多，呵呵。”

“从您的身上，都能看出您家大哥的修为。”

“是吧？小兄弟，真有眼力！城里人说话就是好听，文绉绉的，听着让人心里舒坦，有个词叫什么，如梦葱雨？”

“如沐春风！”

“对对对，就这个词！”

“我这人也挺挑的，一般人我是聊不来的。”

“那什么人跟你聊得来？”

“您这样的呀！”

“我什么样啊？”男人好奇地问道。

“敞亮，豪气，热情奔放！”

“都能看出热情了？哪热情了？”

“这个，只可意会不可言传，主要看气质。您看您这气质，天庭饱满，地阁方圆，气宇轩昂，必成大器！”月白朝男子竖起了大拇指。

“成大器？我能成啥大器啊？要不是大哥收了我，教我做好人，做善事，我可能早就被雷劈了。大哥啊！你怎么就这么走了，怎么能撇下我不管啊！大哥，你把我也带走吧。到了那边，也好有个人给你端茶倒水啊！”男子扑通一声，跪倒在地，突然大哭起来。

说是哭，其实只是嘶吼，并无一滴眼泪。

“大哥，大哥，您别伤心了！”

“你叫谁呢？”

“叫您啊！”

“你怎么能叫我大哥呢？大哥在上面看着呢，你这不是折杀我吗？你这么叫我，大哥还以为，我要篡位夺权了，他在天之灵能饶了我吗？你看你们城里人，净添乱！能不能懂点事儿？今天晚上，大哥要来找我，我就找你，我指定饶不了你！我指定削你！”

“大哥，有您这么忠诚的弟兄，真是您家大哥的福气！”

“还叫我大哥呢，你咋不长记性呢？”

“叫就叫了吧，一个在天上，一个在地上。天上的，能管得了地上的事儿？地上这摊事儿，也得有人管啊！”

“也对哦，你这么一说，我倒是‘灌顶’了。”

“醍醐灌顶了吧！”

“你说得对，我是得管管他们，老大还没瞑目，他们那些小鱼小虾的，就开始闲不住了。跑路的跑路，叛变的叛变，没几个有良心的，没几个懂报恩的。”

“您刚不是还说，兄弟们死心塌地吗？”

“家丑不可外扬，这不是跟你聊熟了嘛，用你们城里人的话说，就是气质搭上了。”

“对，气质吻合！”

“啧啧，你们城里人，说话就是好听，那个矫情的味道，好听！”

看着男子被渐渐带入自己设下的剧情，月白想着，该脱身办点正事了。

“哎呀，大哥，我尿急，能不能借个厕所？”

“你去公厕，前面100米，不远。”

“100米？我肾虚，尿失禁，快尿出来了，挺不了那么久。”

“也对，听说你们城里人集体肾虚！”

“可不是嘛，我们城里人容易吗？”

“是不容易，容易了能肾虚吗？”

“厕所在哪里啊？求厕所的具体位置。”月白微微屈膝，夹紧两腿，装出一副快要尿裤子的窘态。

“求啥求啊？都自认小弟了，上个厕所还要求啊？肥水不流外人田，进去吧，上二楼。”

“好好好，多谢大哥，多谢多谢！”

“废话少说，赶紧放水去。城里人真不容易，肾虚得都快尿裤子了！”

脱离男子的视线后，月白穿过灵堂，走到了后厨。

看着厨房里空无一人，他又快步走上楼梯，终于在二楼的房间里看到一个女人。

女人坐在一个木色沙发上，正低头织着毛衣，看样子，40岁出头。

“您好！我想借用一下厕所。”月白走到女人的房间门口，低声说道。

女人没有反应，像是没有听见月白的声音。

月白往女人跟前走了几步：“您好，您听得见我说话吗？”

女人这才缓缓地抬起头，诧异地看着月白。

月白也才发现，女人一脸疲惫，眼周满是瘀青，眼眶里噙着眼泪。

“您的眼睛怎么了？”

“嘘！”女人将食指竖起，放在有些发紫的嘴唇前，示意月白不要说话。

月白伸出头，朝楼下扫视，确保男子没有在盯着他，又将身体收回，在女人面前蹲了下来。

“我是外地来旅游的，您的眼睛到底怎么了？”

“他们打我！”

“他们是谁？”

“何王八。”

“谁是何王八？”

“堂上挂着的那个。”

“那个死人？”

“对！”

“既然是死人，又怎么会打您？”

“死人的淫威。”

“逝者不是您家人吗？”月白问道，假装一无所知。

“呵呵，家人？仇人！”女人一声冷笑。她目光涣散，瞪着前方，却又好像并没有在看任何东西。

“你别问了，快走吧，此地不宜久留。我的苦就让我一个人受，我不想伤及无辜。”

“可如果您也是无辜的呢？”

“真相是奢侈的，人家认定你无辜，你就无辜，人家说你有罪，你就有罪。”

“不，真相只有一个！就看我们是否有足够的勇气去面对，是否有足够的智慧去发现。”

“你不是游客！”

“我不仅仅是游客。”

“那你是谁？”

“我是您需要的人，如果您信我的话。”

“你就不怕我是凶手吗？”

“不怕！”

“你是警察？”

“我是谁并不重要，我能干什么比较重要。”

“他们把我的儿子抓了进去，又把灵堂设在我家。凭什么，他们究竟凭什么？”女人的目光变得凶狠，她食指的指尖用力地顶着毛衣针，一副恨不得要将指尖戳破的决绝。指尖上不一会儿就留下了一个深深的凹陷。

“请不要伤害自己，我会救您出去的。”月白伸手握住了女人的手。

“这是我的家，我哪里也不去，请把我的儿子救出来。把他救出来，他是无辜的！”女人怒目圆睁，将手从月白的手中抽出，转而紧握月白的手。

“如果您儿子真是无辜的，我一定把他带回来。”

“他是无辜的！”

“我们需要证据。要证明他是无辜的，我需要您的配合，请您相信我。”月白摘下墨镜和白帽子，看着女人，仿佛要让女人相信，他一诺千金。

“我信你。”女人紧闭双眼，一声叹息，“因为我没有别人可以相信了。”

“喂！尿裤子的城里人，怎么还不走，干吗呢？”

“马上下来，马上下来。”

听见楼下男人的喊声，月白大声应道。

“把真相写下来，发给我。”

“我什么也没有，手机也被没收了，怎么发给你？”

“一定要注意，不要让他们发现。”月白从口袋里掏出一部黑色的手机，塞到女人手中。

“通过手机上的密谈软件发给“月”，一定要详细，要快，在他们发现之前发给我。”

女人点了点头，将手机藏在沙发的垫子底下。

月白迅速跑下楼，走到灵堂，对男子说：“今天可多亏您了，不然，可就尴尬了。”

“你小子上个厕所，孩子都生了！”

“是是是，今天跟大哥聊得很开心，多谢，再见了！”

“这就走了啊，都说你们城里人无情无义，刚使完，就闪人。”

“我女朋友在宾馆等我了，管得严，还黏人，爱发脾气。”

“兄弟，我同情你，这样的女人，可爱又可恨！搁手里烫手，扔了又觉得可惜！”

“大哥，您真会聊天。等我把我女朋友哄好了，再来向您请教。”

“不敢不敢，请教哪敢啊！聊天，是聊天，我这一天到晚一个人守着个空棺材，正无聊呢。”

“行，改天见，一言为定。”

月白含笑走出灵堂，走到 54 号的时候，转过身，朝男人挥了挥手。同时，他看见，二楼窗户两片窗帘之间，女人模糊的脸。

4

回到宾馆，月白在酒店的大堂，遇到刚往外走的天青。

“天青，你干吗去？有没有乔胭的消息？”

“朋友刚来电话，让我去一趟。”

“去做什么？”

“不就是为了你的乔胭吗？通过当地媒体的朋友查到了李木华的住处，但是人家不肯直接告知，要我去派出所一趟，登记一下。”

“这么糟糕的地方，这方面倒是管得很严格，不可思议！”

“据说是因为镇上出了命案，死者大有来头，凶手还没有抓到，上面发话了。”

“是吗？什么人啊？死了还这么牛？”

“你没听说？这么大的事儿，镇上都在传。”

“我只在乎我的乔胭，其他的事情，本爷不关心，晚上叫她一起吃饭。”

“你不跟我一起去？”

“我不去了，回房间洗个澡，天太热，一身汗臭，我自己闻着都觉得反胃。”

“你小子，就肯为了女人沐浴更衣。”

“废话，沐浴更衣，不为了女人，难道为男人啊？”

“以前你泡妞，我给你把门！没想到一把年纪了，你泡妞，我还要给你跑腿！”

天青看出月白情绪不对，没有继续追问。他知道，月白倔强，他不想说的事情一定不要问。

月白走进电梯，按了数字16。他叉开腿站在电梯的正中央，双手别在背后，抬头看向电梯的镜面天花板，看到了自己眼中的愤怒和绝望。

走到房间门口，他把手伸进口袋，想找钥匙，可是寻摸了半天，也没有找到。他气急败坏，一掌打在门上，打得手生疼，眼生泪。

好几个深呼吸之后，他把背包取下，在背包里胡乱翻找，终于找到了钥匙。

他打开门，快速踏入，又“砰”的一声把门一甩，门关上了。

“浑蛋，没有人性！”他把背包重重地扔在地上，然后在窗台边的椅子上坐了下来，不停地喘气。

大约坐了10分钟，他站了起来，走到浴室，洗了个脸，凝视镜子里的自己。一分钟后，他走出浴室，拿起手机，拨通了号码。

“张处！”

“怎么，有进展了？”

“他们凭什么，到底凭什么？”

“什么凭什么？你少安毋躁，慢慢说。”

“他们凭什么在她家设灵堂，设灵堂也就罢了，还软禁她，还殴打虐待她，凭什么，什么世道？”不管月白如何压抑自己的情绪，他依然怨气冲天。

"虐待谁?"

"李英杰的母亲。张处,这事,您不知道吗?"

"我不知道啊!我只知道,他们在李英杰家设了灵堂。至于软禁虐待他母亲,没人告诉我。"

"当然,这样的事情,他们怎么会告诉您呢?那不是搬起石头砸自己的脚吗?可是,张处,你们局里不调查吗?"

"调查是有的,都是当地公安局在做。我们负责监督。"

"那这里的公安局是摆设吗?"

"话可不能这么说,强龙不压地头蛇,江大侦探,你应该明白,各有各的难处。"

"李英杰已经在押,公事公办就好,为什么还允许他们设灵堂,软禁他母亲?"

"民间的事情啊,不是说一就一,说二就二的,民间有民间的套路。就说设灵堂这事儿吧,法理都说不通,可人家就这么做了,你能把他怎么着?把棺材扔出去,把花圈烧喽,就解决问题了?搞不好,事情会闹大的。死者为大,死者为大,咱们啊就睁一只眼闭一只眼。关键问题,还是破案,破案,我的月白神探。"

"睁一只眼闭一只眼?哼,您说得可真够轻巧的!坐在办公室里喝茶,当然可以睁一只眼闭一只眼……在案发现场,我江月白,做不到!"

"行行行,当我说错了还不行吗?这个事情吧,没你说得那么简单,李英杰毕竟还是个孩子,这背后的乾坤不是他一面之词就可以道尽的。"

"既然您觉得宋美璇也有嫌疑,为什么不拘留她?这样被软禁虐待,还不如进局子呢!"

"还是那句话,地方有地方办事的套路,咱们觉得咱们的套路是正经套路,可人家不觉得。再说了,你真的以为宋美璇进了局子,就好过了?"

"如果我们都屈从于别人的套路,那国家法规还有何存在的意义？”

“我的大侦探呀！这些都是老生常谈的话题，咱们与其花时间在这高谈阔论，不如努力一点，用心一点，尽快破案。我知道你菩萨心肠，可是感情用事，在破案这个事情上，恐怕是行不通的。”

“软禁虐待就行得通吗？”

“你放心，这个事情，既然我已经知道了，我会想办法处理的。”

“张处，我希望您不要愧对自己的良心，万一媒体知道这个事情，大做文章，恐怕您的乌纱帽也照样难保。”

“我明白，所以还恳请您这个大侦探一定要注意保密，一定要对我有信心。”

“盲目自信无异于自欺欺人，信心需要您给。”

“是是是，有什么进展，第一时间通知我！有什么需要，尽管跟我说，我全力支持你的工作。”

“感谢！我希望，他们立刻停止伤害宋美璇。”

月白抢在对方挂电话之前先挂了电话，像是在宣誓他的尊严。

第八章　再殇

1

“找到乔胭了?”月白按下电话接通按钮，急切地问道。

“人没有找到，倒是找到住的宾馆了。”

“哪个宾馆?”

“说了你都不信，和咱们住的是同一个宾馆。”

“真的啊？太巧了！那我现在就去找她。在哪个房间?”

“看你心急的，1008 房间。”

月白来到 1008 门前，敲了敲门，在门口静静地等着。

他不敢喊乔胭的名字，生怕她听出来会故意不开门。

大约过了一分钟，看见门没有反应，他又敲了敲。

“谁啊?”

他终于听见了乔胭的声音。

“服务员。”月白装成了女人的声音。

李木华打开了门，看见是月白，想随手把门关上。月白伸手把门挡住，一个弯腰，钻了进去，将门关上。

“你来干什么，谁允许你进来的?”木华气急败坏。

“你啊!”

“我什么时候允许你进来的?”

"你不开门，我怎么进得来？"月白歪着脑袋，故作调皮。

"你出去！这里不欢迎你！"

"我不出去，你不欢迎我也不会走的。"

"那我叫保安了。"

"叫吧，要叫就叫两个，一个是弄不走我的，两个可以直接把我抬走。"

"你简直无耻！"

"我牙口好着呢！"

"你给我出去！"

木华使劲将月白往外推，可任凭她怎么推，月白依然一动不动。

"我就是不走，就是不走。"月白一个快速转身，一把将木华搂在怀里。木华又是一推，月白往下倒去，倒在了床上。木华倒在了月白的怀中。

月白一个转身，将木华压在身下。

他疯狂地吻着她，从她的发到她的唇，从她的额头到她的脸颊，像是要将她完全吞噬，又像是在不断地寻找乔胭的气息。

她不再半推半就，闭上眼睛，完全臣服于他的亲吻和抚触。

她像一缕柔软的水草，随他恣意摆弄，没有任何抗争。

可奇怪的是，她的这种臣服竟让他有些怅然若失。仿佛有人在乔胭的清高里刻上木华的媚俗，让他更加怀念在花雨桥的阁楼中，乔胭纯净的青涩。

可那青涩，在木华的身上已经荡然无存。

他轻啄着她坚挺的乳头，产生的隐隐痛感使得她不停地发出娇嗲的呻吟，她的眼眶湿润了，眼泪徐徐从眼角滑落。他迫不及待，想要脱去她的睡衣，完全地进入她的身体。突然，她一个起身，坐了起来，缩到了床头，两只手紧紧地压着睡衣的裙摆，抽抽搭搭地哭了起来。

"怎么了，怎么了？怎么突然哭了？"月白也靠着床头，将她搂在怀中，他的声音变得极温柔，温柔里夹杂着几分疑惑和失望。

月白抓住她的手，想将她的裙摆从她的手里解放出来，可是她却越发拽得紧了。月白只好又开始亲吻她，将从她眼角滑落的泪滴一颗颗地吞没。等她完全放松下来的时候，月白一个快手，将她的裙尾撩起，然后，他沉默了。

她的大腿内侧，有个疤痕，和她手臂上的一模一样。

月白心中熊熊燃烧的火焰，被彻底熄灭。

沉默了几分钟后，他问她："怎么回事？可以告诉我吗？"

"什么怎么回事？"

"你身上的伤疤，是谁？到底是谁？"

"你别管，我不是叫你别管吗？"

"我怎么能不管？你快告诉我，到底是哪个浑蛋！"月白咬牙切齿。

"是我自己弄的。"

"我不信，你不说实话是吧？那我就报警，让那个王八蛋坐牢去！"

"我也不记得了。"

"怎么会不记得？"

"他们说我得了失忆症。"

"你终于承认你失忆了，那你也承认你可能是乔胭了？"

"我也不知道我到底是谁。"

"你为什么失忆，到底发生了什么？"

"我也不知道，我从医院里醒来的时候，就什么都不记得了。"

"那你什么时候发现身上的疤痕的？"

"在医院里，我醒过来的时候，身上就有这些。"

"医院？你为什么去医院？"

"我也不清楚为什么会在医院。"

"是谁救了你？"

"不知道，我醒来的时候，只看到医生和护士。"

“疼吗？”月白用食指摸了摸她大腿内侧的疤，疤痕清晰的凹凸感，使得月白有些反胃。

“你也开始嫌弃我了？”

“不是。”月白说得有些口是心非。

“你干吗不敢承认？”

“我不是不敢，是不会。”

“你的表情刚刚已经出卖了你。”

“你不要臆断，不要敏感。”

“你总说别人臆断，你最喜欢说别人敏感。”

“什么？”

木华只有在一种小女人的情绪中，和乔胭最接近。在乔胭和木华之间来回转换，女子在月白的眼中，变成了越来越模糊的概念。

月白正沉思着，听见有人敲门。

他整理好衣服，打开门，看见天青站在门口。

“你怎么来了？你怎么知道我在这里？”

“你小子干坏事的时候，就没有我不知道的，没坏你们的好事吧？”

“坏了，马上就要直上云霄了，被你的敲门声给吓回去了。”

“敲门声还能吓着你啊，估计是 123 就买单了吧？吃饭去吧，酒足饭饱。”

“去去去，你在外头等着，先定个饭店。对了，我听说有个桥风农家乐不错，据说他们家泥鳅汤特正宗，是当地最有名的特色菜，咱们去尝尝。”

“那个饭店我也听说过，据说以前至少要提前一个星期预订，可是我今天经过饭店门口的时候，看到里面没有几个人吃饭。”

“可能是因为离灵堂太近了，这里的人都迷信，谁愿意到灵堂附近吃饭？”

“那你还要去吃？”

“我可是艺术家，艺术家还怕鬼吗？我自己就人不人鬼不鬼的。”

2

“乔胭今天真漂亮，让我想起了弹钢琴的玛格丽特。”天青夸道。

月白拉着乔胭走出电梯，走到天青跟前。

“她不是乔胭，她是木华。”月白的语气近乎调侃。

“你这抽的什么疯啊？现在连你自己都承认她是木华了。”

“事实上，我觉得乔胭还是木华，并无分别，何须执念。是吧，木华？”

木华没有吱声，她先抬头看了一眼月白，又有些尴尬地低下头去。

“珍惜眼前人吧，管她是乔胭，还是木华。世事无常，活在当下。”天青似乎听出了月白话里的试探。

桥风农家乐，他们找了一个靠窗的位置坐下。木华和月白挨着，天青坐在他们对面。

“小姑娘，听说你们家生意可火爆了。我们可是大老远慕名而来的，还听说你们家老板娘是个大美女。”

“我们老板娘这两天身体不舒服，没有来店里。”

“那真是太遗憾了，都说来平顺桥风农家乐，不能错过两件宝贝，一个是美味泥鳅汤，一个是美丽老板娘。”

“是，虽然老板娘不在，可是我们的泥鳅汤，还是一样美味。”

“真的一样吗？没有了老板娘亲自下厨，泥鳅汤吃起来应该少点味道吧？”

“平时也不是老板娘下厨，老板娘的手能干那粗活吗？”

“那你说说看，你们老板娘的手是干什么的？”

“这个，嘿，数钱呗！我去厨房看看，泥鳅汤好了没有。”女服务员似乎不大愿意继续聊关于老板娘的话题，找了个借口，快速走开了。

“月白，你咋知道这家老板娘漂亮的?”

“我外号醋熘香，美女都逃不过我的法眼。”

月白一边开着玩笑，一边扫视饭店。

饭厅目测有100多平方米，摆了十几张桌子。除了他们，就两桌客人，听口音都像是外地人。月白有些失望，没想到来吃饭的人这么少，更让他失望的是，这些人都不是本地人。

他原本期望从本地人的口中听到一些有用的信息，可现在看来，希望渺茫。唯一可能给他希望的，只剩厨师和服务员了。

他本来也想来会会这里的老板娘，平顺古镇出了名的，人称“平顺孙二娘”的丁俏丽。

据说，丁俏丽不仅人长得漂亮、情商极高，还泼辣至极，人脉通广，可以说无人敢惹，无人敢动。平顺古镇流传两句话：只要丁俏丽一扭身体，平顺古镇的男人都垂涎欲滴；只要丁俏丽一声大吼，平顺古镇的女人就要发抖。

桥风农家乐，不是普通的农家乐，它事实上是个龙门客栈，丁俏丽就是那个金镶玉。

那个晚上，就是在这个客栈，在丁俏丽的地盘，发生了令人发指的一幕，也正是因为这一幕，让客栈隔壁的隔壁成了灵堂。

“我出去抽根烟。”

月白站起来，走到饭店门口，点上烟，抽了起来。他的嘴巴用力往外吐着烟，眼睛却直直地看向灵堂，又看见昨天那个男子。男子手里拿着一根木质棍棒，一副凶神恶煞的样子。

月白有一种冲动，想要冲过去，夺过男子手中的棍棒，将他一棍打晕，然后冲上楼去，看看昨天他见到的女人是否安好。女人绝望无助的表情和她脸上近乎发黑的瘀青，深深地刻在他的脑海中，他不敢直视，却又挥之不去。

他给女人的手机，不知道女人藏好了没有。

他至今还没有收到女人发来的信息，不知道是因为她不愿意写，还是因为她还没有写完。他最怕，手机被发现了，女人又要遭到毒打。

一想到这里，月白心惊肉跳，仿佛打在女人身上的痛，全都作用在了他自己的身上。

一根烟抽尽，月白扔掉烟蒂，走向后厨。

“我们的泥鳅汤做好了吗？我都闻到香味了，我这肚子都咕咕叫了。怎么就一个厨师啊，能忙得过来吗？”

“忙得过来，平时十几桌，也就俩厨师，今天一共三桌人，一个足够了。”

女服务员一边有些勉强地应着月白，一边忙着手里的活。

就在她伸手去摘打包袋的时候，月白看见她的小手臂上也有一个疤痕。疤痕的表面特征和乔胭身上的极其相似，只是形状不同，是一个长条，5 厘米左右。

月白感觉有一个针尖在他的神经上重重地戳了一下，让他有一种锥心的痛。痛过之后，他更加清醒了，有了更强的使命感。他隐约觉得，这个服务员将会是解开乔胭失忆之谜的切入点。

至于如何切入，他还要好好琢磨。

月白若无其事地走回座位，静静地等服务员上菜。

“饿了吧？我刚去后厨看过了，泥鳅汤马上就来了。”

月白关切地看着木华，关切里带着几分试探。

在月白的眼中，此刻的木华，变成了一个复杂的存在，不管是她主动复杂，还是被动复杂。乔胭已经绝不仅仅是乔胭了，可木华赋予乔胭的究竟是糟粕，还是精华，是沉沦，还是提升，他还不得而知。

当女服务员把一大盆泥鳅汤放在桌上，刚要离开的时候，月白伸手抓住了她的手，看着木华：“她的手真好看，和你的手一样好看。”

接着，他用另一只手故意将女服务的袖子往上捋，一边啧啧称奇："这样的手，成天洗碗端菜，可真是浪费了。"他一边调侃着，一边暗中观察木华看到服务员手臂上的疤痕时的反应。

"月白，你把人家小姑娘的手都握疼了，你这个浪荡子，能不能给点尊重？看你平时不这样啊，怎么一来平顺就开始浪了？"

"你懂啥？"

月白嘴里应着，目光一直停留在木华的脸上。他本以为木华看到女服务员手臂上的疤痕时，会惊讶地叫出声来，没想到她淡定异常，好像早已司空见惯。

月白更加困惑了，如果李木华身上的伤疤是在她有意识的时候形成，那么伤疤带给她的痛苦应该是极其难忘的，那么她在看见服务员的伤疤时产生的痛苦感，会不可避免地反映在面部表情上。可她刚才的表情过于平淡，和月白想象的完全不一样。难道说，真的如她自己所说，她在医院醒来那一刻，身上就带着伤疤？若真是这样，那这伤疤应该是在她无意识的情况下留下的。无意识，也就意味着无痛感。

想到这里，月白觉得心里好受多了。可他还是百思不得其解，为什么这样的伤疤也出现在服务员的身上。难道说，平顺古镇，还有更多女人的身上，有同样的伤疤？

他越想越觉得可怕……

3

从桥风农家乐出来，经过灵堂的时候，月白忍不住往里瞟了一眼，看见男子靠在椅子上，睡着了，正打着呼噜。他手上的棍棒靠在他的大腿外侧。

月白突然想冒个险。

"你俩先回去，我想一个人走走。"

“这么晚了，你一个人多不安全，要不我陪你？”天青问道。

“不用，你护送乔胭。放心，没人劫色！”

等天青和乔胭走出视线，月白蹑手蹑脚地走进灵堂，刚要经过男子身边的时候，男子突然醒了：“谁？”

“我，我，我，大哥，是我！”

“是你啊，吓我一跳！又尿急了？”

“不是，不是！这不，刚吃过晚饭，走到这里，看到大哥坐着，过来打个招呼。上回多亏了您行好，我才没尿裤子。”

“真客气，城里人就是客气！”

“这白天夜里，就您一个人守着啊？”

“可不是嘛，累死我了。”

“这么说来，您家老大弟兄也不算多啊！”

“谁说不多的？几百号人了！”

“那其他弟兄怎么不来守灵，您可真是重情重义啊！”

“大哥在的时候，一个个像苍蝇似的嗡嗡嗡地围上来，大哥一断气，就全散了！有的经过这灵堂，都不进来看一眼，恨不得躲着走，想想也是，谁愿意听鬼使唤啊？人又不傻。”

“既然这样，那您怎么还这么敬业呢？”

“人嘛，得有良心，大哥生前，我是他保镖，他待我不薄。再说了，我了解他，别看他表面厉害，啥事摆得平，可他心软，里子脆，我跟你说，大哥爱抹泪。”男子先看了一眼遗像，然后凑近月白的耳朵，轻声说道。

“是吗？不可能吧？他那样的风云人物，还……”

“说了人都不信，经常半夜里哭得撕心裂肺。”

“为什么啊？”

“弃婴。”

“什么？”对于死者何归年的身世，月白早有耳闻，为了从男子处获得更多信息，他假装自己一无所知。

“一出生，亲妈就死了，被扔在亲戚家里，也不知道亲爹是谁。

直到10岁的时候，亲爹突然来了，跟天上掉下来似的，还是空城有头有脸的人物。”

“虽说亲妈没了很不幸，可至少有亲爹，也算是好事。”

“好什么啊？只能爹来，他却不能去看爹，说白了，爹在哪里，他都不知道。爹三年不来看一次，你说，尴尬不尴尬？难受不难受？”

“这样啊，那是够难受的。”

“得亏爹是个人物，有头有脸有人民币，镇上识相的人个个都来巴结。”

“合着，是别人给他供上去的？”

“也不全是，你是佛，人家才供你，想让人家长期供你，你还得显灵。人家供你一天容易，想让人家供你一辈子，那也得看你的造化和修炼程度。”

“哦？怎么修炼，咋造化？”

“看书啊，他爹给他弄了个大书房，好几个屋子，全是书，什么书都有，有图的，没图的，有字的，没字的，何老大一有空，就捧着书。一看起书来，连吃饭睡觉都忘了。”

“是吗？书中自有黄金屋，看来，看书能解决大问题啊！”

“嘿，有句话说得好，纸上得来终觉浅，光看书可不够，还得替人摆平事情。小弟们有个什么事儿，来求的，老大得管啊！都给摆平了！没有摆不平的！”

“厉害啦！都怎么摆平的啊？我很好奇。”

“有时候就一句话的事儿，有时候呢，动动手指头。”

“这么容易？就没有舞刀弄枪的时候？”

“有啊！怎么没有？可舞刀弄枪哪用老大亲自出马？那不是脏了他的手嘛，人家那可是捧书的手，高贵着呢！”

“是！我也爱看书，真希望有幸能去您家老大的书房膜拜一下。”

“书房啊，一般人可去不了，那都是何老大最亲近的人才能去的。”

“那您去过吗？”

“当然进去过。可是进去有什么用？”

“为什么没用？”

“咱是土人，大字不识一个，进去了，也是埋汰人家书房呀？再说了，”男子又把嘴凑近月白的耳朵，压低了声音，“书房里有秘密！”

“哦？什么秘密？”

“不知道，反正老大每次进去后，就把门锁上，鬼鬼祟祟的。”

“是吗？那书房在什么位置啊？”

“不记得了！”男子突然低下头去，好像自己说错了什么。

“您家大哥可真不是一般人哪！这身世听起来，就跟电视剧一样。”

“可不是！爹虽然见不到，摸不着，可是爹的威力够猛，在空城哈口气，平顺都得震三震！”

“可也正是这个爹，把他送上了不归路啊！”

“还是命薄，谁承想，一不小心，就躺桥下了，难看哪！”

“既然您是他的保镖，那天夜里，您怎么没有跟他一起啊？”

“说来巧了，那几天，我妈从老家过来，老大要我好好陪我妈逛古镇，就是不让我陪他。”

“是吗？按理说，像他这样的身份，少了保镖，他该没有安全感了。”

“我也是这么说，我就说，我白天陪我妈到处走走，夜里回去陪他。可他说，他从来没见过自己的亲妈，看着别人的妈，都觉得亲切，让我无论如何照顾好我老妈，那几天，就不用去他那里了。”

“通情达理！那除了您，他应该还有别的保镖吧？”男子眼中的何归年，着实出乎月白的意料，他万万没有想到，何归年竟然有如此柔情的一面。

“说来你都不信，何老大低调得很，走路都低着头，见谁都打招呼，可热情了，他不喜欢一堆人跟着。‘要尊重别人，不要动不动给人压力！’这是他最常说的一句话。有个什么棘手的事情，手下人就给处理了，他自己一般不出面。想想也怪我，要是我留个心眼儿，晚上回去看看他，兴许，老大就不会……”男人哽咽了。

“大哥，人各有命，命数到了，谁都挡不住，您就节哀吧。再说了，您忠心耿耿，他在天上会知道的。”月白伸手拍了拍男子的肩膀，“大哥，跟您聊了这么多，还不知道您尊姓大名呢。”

“啥尊姓大名啊，我姓张，叫小样。”

“张小样，这名字够特别。那平时，以何老大的身份，和他有过节的必然不少吧？”

“太多了，数都数不过来了。不过据我了解，何老大也都是为了利益自保，要说杀人放火、伤天害理的事儿，他还真干不出来。我不是说了嘛，他外表硬，里子软，下不了狠手。”

“既然如此，又为何有那么多仇人？”

“好色啊！没少糟蹋镇上的女人。”

“您听说的？”

“哪是听说？亲眼所见，亲耳所闻！一晚一个，换着用。”

“原来如此。”

“小兄弟，你知我知，天知地知，千万别传出去。老大已经归天，死者为大，就让他尘归尘，土归土吧，啊？”

“您放心，我绝对保密。哎哟，聊着聊着，我又尿急了。”

“去去去，赶紧去！”

“多谢大哥！”

“有什么可谢的，还能让你被一泡尿憋死不成？”

“您先坐着，我去去就来。”

“不急不急，我正好眯会儿。”

一听男子说要眯会儿，月白窃喜。

月白走上楼梯，心怦怦直跳，他感觉自己的心脏快要跳出来了。走到女人房间门口，他停了下来，想要敲门，想要尽快看到女人，却又因害怕看见女人的伤疤迟疑了。

他对自己说，如果女人脸上身上的伤更重了，自己就是罪魁祸首。

他正踌躇不前的时候，门自动打开了。

仿佛有一阵风，将门吹开，又好像有人完全隐藏在门后将门徐徐拉开。门开的口越来越大，月白能看见的房间的面积也越来越大，景物越来越清晰。

等房门开到月白可以看到沙发时，月白瞪大了眼睛，却发现沙发上并没有人。

月白急切地将门推开，才看见在沙发边上的桌子前，女人坐在一个木凳子上，背对着他趴着。

月白松了一口气，走近女人，拍了拍她的后背，女人毫无反应。他摸了摸女人的脖子，一阵冰冷的凉意透过他的手，穿过他的臂膀，直到他的心脏。

女人是僵硬的。

月白预感不妙，想要将女人翻过身一看究竟，却像顿悟了一样僵住了，他停在空中的手，仿佛失去了知觉。他的脑子和他的心发生了激烈的争吵，他的理智和情感发生了胶着的对抗。

“我该怎么办?”他不停地问自己。

他可以转身走下楼去，当作什么也没有看见，不过就是上来撒了泡尿。他也可以一声大叫，把楼下的男子引上来，一起面对。

在踌躇了一段时间之后，为了隐藏身份，继续暗中调查案情，他决定唤回他作为侦探的理智，先快速默默地勘查现场。

从女人当前的姿势看来，月白完全无法判断她的死因。

也许她是正在写东西的时候，被人从身后袭击，一招致命。这种情况，作案工具最常见的是钝器。钝器击中头部，定会留下伤疤和血痕，可是从女人的后部体表看来，并无受伤的痕迹。

还有一种可能，女人在别处已经断气，尸体被搬运回来，摆放成这样的姿势，制造女人死在自己房中的假象。以女人被软禁的状态来看，这个可能性微乎其微。

最后一种可能，女人喝了有毒的液体，在写东西的时候，毒性刚好发作，呼吸停止后，像睡着了一样，趴在了桌子上。从桌上黑色杯子中的白色液体看来，这一种可能性比较大。

那么问题来了，毒药究竟是她自备的，还是别人偷偷放入她杯中的？

月白从包中拿出白色手套，戴在手上，轻轻地将女人的身体翻过来，一部黑色的手机闯入他的视线，看样子就是他给女人的那一部。手机停留在编辑信息的界面，上面堆着密密麻麻的文字。

月白将这些文字用USB拷了出来，又翻看了密谈等其他手机软件APP，最后把手机放回了原处。

女人的嘴角和桌子上都留有白色的液体。月白用棉签蘸了蘸液体，放入一个玻璃小瓶子里，然后将女人的身体恢复成原来的姿势，开始对房间进行一通快速的检查……

月白假装镇定自若地走下楼去，听见男子正打着呼噜。

他看了看表，离他刚上楼的时候差了15分钟左右。

他拍了拍男子的肩膀："大哥，我走了，谢谢您啦！耽误的时间有点长了。"

"可不是，我都顶不住睡着了，你这泡尿够壮观的。"

"便秘，没办法，水土不服，喝你们这里的水上火。行，大哥，那我先走了，谢谢您啦！"

从灵堂出来，月白觉得自己已经支离破碎。各种感受交织纠缠，折磨得他已经体无完肤。自责，愤怒，恐惧，痛苦，懊丧，甚至绝望。可这所有的感觉中，最凛冽清晰的还是自责和懊丧。

他恨自己太心急，太急于破案，急于为死者找回公道，却忘了保护活人其实更重要。他给宋美璇一部手机，分明就是陷她于不义。

可悲的是，在许多棘手的案件中，在为死人讨回公道的漫漫长路中，常常有活着的人为之牺牲。仔细想想，逝者已矣，还不如让活着的人好好活着……

可是这个时候，他已经没有时间，也没有任何心灵空间去琢磨这些大道理了，这个时候，最重要的是要搞清楚，宋美璇究竟是怎么死的。

回到宾馆，月白急忙翻出手机，将他拷下来的文字，一字不漏地往下读。

第九章　自白

1

我叫宋美璇，

我是一个女人，

一个妻子，

一个母亲，

也是一个杀人凶手。

正是我亲手夺走了何归年的性命。

是我杀了那个恶霸地头蛇！

是我让他早早地下了十八层地狱。

一想起此刻他正上刀山、下火海，我就心生豪迈，无比骄傲。

我觉得，此处应该有雷鸣般的掌声……

当你们读到这封信的时候，我应该已经不省人事了。

我知道，你们可能会为我伤心，为我不值，为我唏嘘慨叹。

我仿佛听到你们当中有人说：这个女人真惨，真可怜，年纪轻轻就死了，死相还这么难看。还有人说：干吗要死？连死都不怕，你还怕什么？也有人说：这女人真傻，她死了，她儿子怎么办？让她儿子怎么度过余生？

我感恩你们的悲悯，可我，更自豪自己的死能够激起你们情感的千层浪。

你们，或同情我，或嘲弄我，或鄙视我，或替我流泪，或替我不值，或为我打抱不平，或为我鼓掌喝彩，无不彰显了我存在的意义，可是你们知道吗，我不需要同情，不需要怜悯。我只要你们为我鼓掌，为我喝彩。我虽不是视死如归，可既然选择了死亡，就绝不后悔，也绝不自怜。

你们，此时正观赏我尸体的你们，你们真的就活得很好吗？就没有人羡慕我躺着时的安详平静吗？就没有人想知道，我到了天堂，遇见暖光时，是什么样的心情吗？

还有你们，平日里对我打骂的你们，看到已经没有了呼吸的我，是不是特别解恨，特别舒心？难道你们的内心就没有丝毫痛苦，丝毫愧疚，丝毫恐惧吗？

你们，就不怕我变成厉鬼，缠着你们不放吗？

但是，我跟你们说，你们，那天晚上想尽办法折磨我的你们，请放心，我不会变成厉鬼折磨你们的。我的死对你们来说本身就是折磨。以后你们会夜夜梦魇，煎熬难耐，最终如同行尸走肉。你们以为活着，事实上，已经死了。你们以为我死了，我却重生了。

就在我喝下毒酒的那一刻，我知道，我要重生了。毒酒药不死我的灵魂，那肉体是死是活，又有何区别？

你们终将膜拜我，就像膜拜一位巾帼英雄。

我终将在平顺的历史花名册上百世流芳。

而你们，媚俗的你们，只有抬头仰望我的份儿，只能巴巴地看着天堂里的我得意地笑着，羡慕嫉妒恨。

此刻，你们一定特别急切地想知道，我是怎么杀死何归年的，用了什么残忍的手段，他死的时候又究竟出现了什么痛苦的症状。

请不要着急，慢慢地听我说。

我刚刚才喝了一口毒酒，感觉药效不够，待我再来一口接着说。我认真地说，你，你们，可要认真地听。

这毒酒看起来如牛奶一样雪白好看，喝起来有一股迷迭香的气味。它经过我的唇、我的食道、我的胃产生的灼烧感，让我感觉到了自己的坚强。也正是这样的坚强，让我有勇气，和那个恶棍、淫棍进行不屈不挠的对抗。

酒过三巡，我是应该好好讲了，让你们等太久，我真的于心不忍。

2

何归年那个浑蛋此刻正在炼狱中痛不欲生，而你们，心里一定正拍手叫好吧？你们的表情虽然永远都装得那么到位，一副悲天悯人的样子，可是你们的内心一定乐开了花，恨不得仰天长笑。

我仿佛已经听见了你们的笑声，看见了你们眼中蠢蠢欲动的狂喜。

好了，我真的要开始说了，你们一定要竖起耳朵，专心致志地听。

那天晚上，大约7点钟，丁俏丽来叫我。你们知道的，丁俏丽如果去请谁，一定是有事，而且不是好事。要丁俏丽出面请的人也绝非常人。没错，我就是这样的人，因为我不吃他们那一套。他们惯用的下三烂的伎俩，在我这里根本行不通。

我还记得丁俏丽刚出现在我面前的时候，一副东方不败的样子："美璇，你也知道你老公虽然没了，可是债还在，欠债还钱，天经地义！老子死了，儿子还钱，老公死了，老婆还钱，这是规矩，雷打不动。你一个上过大学的人，不会连这个都不懂吧？你们欠何老大的钱早就到期了，早就该还了。何老大念你们孤儿寡母不容易，已经宽限好几个月了。你也知道老大的性格。要不是他对你们心生怜悯，手下弟兄早就动手了。我们老大是菩萨心肠，还有江湖义气，也懂怜香惜玉。"

“说那么多废话干什么，你来不就一个目的吗？让我还钱，可是我没有钱，怎么还？要钱没有，要命一条，你爱拿就拿去吧。”说出这一番话的时候，我头颅高昂，觉得自己特别高傲。平顺古镇的人都怕她丁俏丽，说她一会儿千娇百媚，能让男人酥到骨头里，一会儿蛇蝎心肠，能把人往死里算计。可我宋美璇既不是男人，不对她垂涎欲滴，也不是豪富显贵，我一贫如洗，不怕她算计。

所以，人都说，任凭她丁俏丽大名在外，能呼风唤雨，可一到宋美璇跟前，也得认㞞。

你们当中，一定会有人说，那是因为何归年暗恋你宋美璇多年，她丁俏丽不看僧面，也得看佛面。也有人会说，宋美璇连死都不怕，干吗怕她丁俏丽啊。这年头，谁不怕狠的？你身上装把菜刀，背个炸药包，谁还敢跟你死扛？

还有人会说：她丁俏丽，妖娆像一条水蛇，妩媚如一朵曼陀罗，她用得着和宋美璇死扛吗？宋美璇活得不耐烦了，人家丁俏丽，活得正灿烂呢！

可是不管你们如何揣度，对我来说，都毫无分别。我不怕她，不过是因为，我行得正，做得端！白天不做亏心事，半夜不怕鬼敲门。

“宋美璇，你其实不是一无所有，你家也不是只有你一条命……”丁俏丽故意欲言又止，就是为了让我揣度她话里的真实意思。我怎么可能听不懂？她拿我儿子英杰威胁我，以为我会屈服，可是她忘了，就算我会屈服，我儿子也绝不允许我这么做。

“不要拿我儿子的性命威胁我，你也是女人，你也有孩子，你不觉得你这样威胁我，是对你自己的侮辱吗？别忘了，你也是一个母亲。”

“对啊，美璇，正因为咱们都是女人，我才跟你推心置腹啊，你想想，你跟何老大对着干，对你，对咱儿子有什么好处？”

“谁是你儿子，那是我儿子！你我都是女人，但是女人和女人有区别，我跟你不是同类，没法像你这样苟活。”

“既然你也知道我有难处，也不过是苟活着，女人何苦难为女人，你就跟我走一趟嘛。”

“到底是谁难为谁啊？你明明知道何归年在赌场放马刀（当地人称高利贷为马刀），不是为了帮谁，而是为了让更多的人落入他的魔掌。”

“他放马刀那是他的自由，又没有逼你拿，那是你家辉煌自愿去拿的，一个愿打一个愿挨，能怪谁了？”

“真的自愿吗？那赌桌上要是没有人抽老千，怎么就都是他的人赢？他真能神机妙算？别糊弄我了，别人好糊弄，可你糊弄不了我。”

“瞧你说的，我哪有那个胆呀，我敢糊弄你吗？我就是糊弄阎王，也不敢糊弄你宋大美人呀！”

“对，你快给阎王抛几个媚眼，把那些狼心狗肺的，强抢民女的，欺压百姓的，都给收了去。”

“不是我说你，你呀就是太执着，没有佛性。”

“我是人，最多只有人性，哪有什么佛性？再说了，你那也不是佛性，是魔性。我跟你不一样，不管什么时候，我都保持着人性。可你呢，是谁给你好处，你就跟谁的姓。”

“不要以为你很了解我，当不了解我的时候，对我下的定义，都是对你自己智商的侮辱。”

“我没兴趣对你下什么定义，我只求你不要再来打扰我。”

当丁俏丽扭着她的大屁股，悻悻地走出我家大门的时候，我觉得我胜利了。

可是 10 分钟后，当有人跑过来通知我，我儿子英杰在丁俏丽家和人吵架的时候，我才意识到，我刚才过早庆祝胜利了。

3

做母亲的都知道，羞辱我们可以，羞辱我们的孩子，会让我们痛不欲生，失去理智，甚至变得丧心病狂。

当我跑到桥风农家乐，看到英杰手里正拿着一把铁锹，怒目圆睁，满脸恐惧地站在一群龇牙咧嘴的恶人当中时，我的心提到了嗓子眼。我对自己说，谁敢动我儿子一根毫毛，我就让他遍体鳞伤，万劫不复！

看到我出现，丁俏丽的眼神里，射出了蔑视的光芒，仿佛在说："小样的，你以为我不知道你的软肋?"

是，英杰是我的软肋，可哪个孩子不是母亲的软肋？但我再绝情，也绝不会拿别人的孩子当诱饵来侮辱他的母亲。

我的出现使得英杰更加慌张，他挥舞着手中的铁锹，大声嚷道："你们谁敢动我妈，我就让他当场断气!"

英杰，他还是个孩子，他才刚满 16 岁。我到底造了什么孽，要让我的孩子小小年纪就承受这样的痛苦？

那时候，我恨自己，恨自己对人生无能为力，我恨李辉煌，恨他吃里爬外，不是东西。

说到这里，我要先跟你们说说我的老公，一个有着漂亮名字的男人，李辉煌。说他是男人，我都觉得是对天下所有男人的侮辱。

我想他父亲在给他取名字的时候，一定没有想到，他儿子的人生事实上成了辉煌的反义词。

4

他酗酒，赌博，嫖娼，各种恶习，应有尽有；打架，斗殴，凌弱，几乎什么坏事都做，就差杀人放火。

他为什么会变成这样？就因为他是何归年的表弟，他总觉得不管他干了多么龌龊的事情，何归年都会替他擦屁股。不管他捅了多大娄子，只要何归年一句话，都能化险为夷。可他万万没有想到的是，当有一天，他捅了何归年的娄子时，只能吃不了兜着走了。

至于他是如何捅了何归年的娄子的，这里面的故事就有点意思了。

作为故事的女主角，要我自己讲这个故事，我都觉得可悲而可笑。

遇上李辉煌的时候，我大学刚毕业。有一天，我来平顺走亲戚，在廊桥上，邂逅了李辉煌。没想到他对我一见钟情，穷追不舍，死缠烂打。

可对我来说，如果李辉煌是廊桥上的桥板，我就是桥檐上的雕花。我和他，可以同时在一座桥上，却绝不可能在同一个精神时空。于是，不管他如何软磨硬泡、花言巧语，我都不动声色。

让我没有想到的是，何归年出现了，以一种极其自然的方式，以一种风流倜傥的姿态。整整一个月，他每天到桥上和我聊“四书五经”，家国情怀，跟我畅谈他理想的未来。虽然，在他的未来里，并没有出现我的名字，可我还是相信，他已经爱上我了。

我怀揣着希望，用膜拜的眼神，苦等着他的表白，直到有一天，他约我到他的家里，给我递上当时最新潮的饮料……

等我醒来，发现自己躺在他家床上，边上躺着的不是他却是李辉煌的时候，我才知道自己上当了。我顿时感到天旋地转，跑到厕所里，吐得疯狂。

我找到了何归年，问他为什么这么做：“我明明觉得，你是喜欢我的。”

“喜欢你又怎么样？女人如衣服，兄弟如手足，女人是玩物，兄弟却是天下。”

他的回答，让我呕心抽肠。

后来，我怀孕了，只好嫁给李辉煌。

可最让我深恶痛绝的是，婚后，何归年竟然经常到我家找我，想要和我肌肤相亲。我不从，他就咄咄逼人，每次我只有以死相逼，他才投降离开。

男人就是这样，一旦习惯了征服，就要把征服进行到底。你越是不从，他就越想在你身上证明自己的能力。

何归年设下圈套，让李辉煌在赌场输了200多万元，李辉煌只好从他那里拿马刀。出于对他表弟的了如指掌，何归年算准了，李辉煌还不上钱，必然会供出老婆。他就是通过这种方式霸占了镇上许多男人的老婆的。

果不其然，李辉煌承诺，只要不让他还钱，何归年可以在任何时候爬上我的床。

只是让何归年没有想到的是，我不吃他们那一套。我是我，我属于我自己，我不属于李辉煌，凭什么成了他们交易的筹码？

他们交易可以，但是不能把我当成牺牲品。

每次何归年嬉皮笑脸地来找我，我就提出要和李辉煌离婚，可在平顺，在何归年的势力范围中，离婚谈何容易？

对我来说，最大的悲哀和痛苦，不是在一段低级的婚姻中被折磨得没有人形，而是，我对何归年所有的抗争都是出于我对他的爱。我爱他，他却把我当成了玩偶。只有在强烈对抗他的时候，我才觉得被玩弄的感觉在弱化，我才又有了继续活下去的勇气。

而当李辉煌在一次酒席上喝醉后，当场猝死的时候，我突然有一种飞起来了的错觉。我庆幸自己终于解脱了，可下一秒，我还是痛哭流涕，泣不成声。

至于为什么哭，连我自己都说不清楚。我本以为李辉煌的死会给我带来快感，我会欢呼雀跃：终于解放了！

可事实上，我不但没有快感，反而很悲伤。我一边擦着眼泪，一边问自己："为了这样的男人哭泣，你到底怎么了，你的眼泪到底值几个钱？难道仅仅是因为你对普罗大众的博爱和悲悯吗？"

而你们，当你们看到我泪流满面的样子时，是否觉得我在演戏，毕竟我是学戏剧出身的。人生如戏，戏如人生。

我告诉你们，我也希望我是在演戏……

各位观众，对不起，我跑题跑得有点远了，现在让我言归正传吧！

说来也不算跑题，是铺垫。没有铺垫，怎么会有发展和高潮。一个学戏剧出身的人，最清楚，想要让观众身临其境，一定要给人物的命运和剧情的发展做足铺垫。

5

不得不说，我的出现，是一种罪过，让英杰陷入了更深的恐惧。我知道英杰在我面前会变得勇敢，因为他不想让我失望。可是那种害怕我被羞辱的恐惧，又会让他狂乱，分寸尽失。

我跑进人群，跑到英杰的面前，对他说："孩子，放下铁锹，不要犯低级错误，你有大好前程，不要因为这一群蝼蚁，毁了自己的一生。"

"妈妈，你来干什么？谁让你来的？我倒要看看还有没有王法，我看他们能把我怎么样。"

"孩子，不要和一群沉睡的人对抗，他们睡着的时候，并不知道自己究竟在干什么。而你是清醒的，千万不要在这个时候睡着。孩子，来，把铁锹给妈妈。你要相信，不管遇到什么样的困难，妈妈都和你一起，我们一起面对，一起承担好不好？"

英杰的情绪渐渐平复下来，颤抖着把铁锹递给我，可就当铁锹快到我的手中的时候，不知道哪个浑蛋把它抢走了。

我和英杰顿时陷入了恐慌。我恨自己的愚蠢，是我把对抗敌人的唯一武器拱手相让。我懊悔不已，恨不得扇自己两巴掌。

夺过铁锹的他们，果然更加嚣张，开始肆无忌惮地对我和英杰进行羞辱。

他们语言污秽，动作下流，像一群狼崽子在我和英杰面前龇牙咧嘴。

丧心病狂的他们甚至扬言要在我儿子的面前，扒光我的衣服。

英杰一听，扑通一声，跪倒在地："你们打我吧，把我打死，求求你们不要羞辱我妈妈。"他面如土色，嘴唇发紫，冷汗直冒。

"英杰，你给我起来，没有人可以羞辱你母亲，他们就算践踏了我的肉体，也不能玷污我的灵魂半寸。李英杰，你给我站起来！像个男子汉一样顶天立地。"

"打你干吗啊？打你哪有脱你妈的衣服叫人亢奋哪？虽说你妈人老珠黄了，可脱光了以后，还是有点看头的！"丁俏丽的挑衅越发嚣张。

"浑蛋，朋比为奸，恶贯满盈，你们一个个都不得好死！"

英杰站了起来，挺起了胸膛。他朝他们竖着中指，眼神像尖刀一样锋利。

那一刻，我觉得我儿子帅呆了，临危不惧、匹马一麾。在他身上，我看到了我自己的影子。

"不认怂是吧，你小子不认怂是吧？"

他们用力地拍桌子，大声谩骂，挖空心思使出各种招数。

那把在空中不停挥舞的铁锹，成了我的痛和恐惧的根本。

那时，我才明白，我所谓的聪慧敏锐，在极端的境遇中，也不过是刚愎自用。

在一通排山倒海的恐吓之后，丁俏丽搔首弄姿挪步到我跟前，开始对我软磨硬泡。

她身上的大红色裙子，在我的瞳孔里左右晃动，像极了一个大红灯笼。

我觉得一阵反胃，差点晕倒在地。

丁俏丽伸手将我扶住，想让我靠着她的肩膀，任由她对我进行游说洗脑。可我一触碰到她的身体，就像弹簧一样直立起来，因为我闻到了一股低劣卑贱的臊气。那臊气实在刺鼻，刺得我立刻又精神抖擞了。

发现自己为了将人踩碎而先施暧昧的战术，在我这里彻底败北后，丁俏丽终于无法假装淡定了。

“脱，给我脱！”她大手一挥，头一甩，像一个将军在沙场上挥旗击鼓。

几个男人走近我，把他们的脏手伸向我。

“不要，你们有本事冲着我来，不要羞辱我妈妈，你们打我吧，打死我都行，放过我妈妈！”

英杰又一次跪倒在地，使劲磕头，那个时候，我觉得他像极了一条狗，而更像狗的是我。

“英杰，李英杰，你给我起来，你不要害怕，他们羞辱不了我，我不允许你像狗一样对他们屈服。你是我的儿子，你是宋美璇的儿子！”

“这场景真叫人感动啊！我都差点热泪盈眶了。可是没有用，你们演戏给谁看啊？观众不买账，演得再好也白搭。你们在等什么？还不动手，要我亲自动手吗？”

在丁俏丽的威逼利诱之下，几个男人的脏手又一次无限地靠近我的身体。

“你们谁敢动我妈，我就让你们粉身碎骨！”

英杰突然站了起来，像一头猛虎，冲到举铁锹的男人面前，一把把铁锹抢了回来，然后快速跑到我面前，不停地挥舞铁锹，歇斯底里地吼着。

那一刻，有一种荣光在我的内心升腾，我的眼眶湿润了。

就算那一夜我真的被扒光了衣服，被践踏，被遗弃在大街上，我也毫无遗憾。英杰，他长成了我期望的样子。

然而，寡不敌众，不管英杰手中的铁锹挥舞的频率有多高，他终究还是抵不住好几个壮汉的拳打脚踢。

看着英杰被他们打得嗷嗷直叫，我知道我只能屈服，必须屈服。

“不许再打了，都给我停下！英杰，英杰，他是何归年的儿子，亲生的！”

桥风农家乐，瞬间寂静，只听见众人喘息的声音。

这种寂静到来之快，超乎了我的想象。我万万没有想到，那一喊竟然会如此奏效。我本以为他们对我的说辞会嗤之以鼻，百般嘲弄，可从这种寂静看来，他们信了，而且深信不疑。

那一刻，我也才明白，原来在他们心目中，我宋美璇一言九鼎。

不仅他们信了，英杰也信了，他把铁锹一扔，一声大叫，跑出了桥风农家乐，跑出了丁俏丽惊慌失措的瞳孔，跑出了我和他之间本来稳固的信任时空。

英杰一边跑，一边大叫道："何归年，你个天杀的，我要你活不过今晚!"

造化弄人，第二天早上，在花雨桥底，何归年躺在桥底的河床上，像一颗优雅的鹅卵石，静静地躺着。

他果然没有活过那一晚，而英杰那一声大叫，也成了他作案动机的佐证。

故事讲到这里，你们听得可好？觉得够精彩吗？

你们是不是已经心急如焚，想要欢呼雀跃了？因为故事的高潮马上要来了。你们是不是太想知道，那一晚，何归年究竟是自己跳下去的，还是被推下去，又或是被扔下去的？

现在，我可以清楚地告诉你们，何归年是被推下去的!

把他推下去的那个人不是别人，正是我。

是我，宋美璇!

可我，又是如何将他成功地推下桥去的呢？

你们这些人哪，谁不是唯恐天下不乱，谁不喜欢幸灾乐祸？此刻，你们一定是竖起耳朵，聚精会神，等待着真相被揭露。

一想到真相大白时你们恍然大悟的样子，我就觉得分外骄傲，仿佛自己是个英雄，胜利归来，心中尽是克敌制胜的豪壮。

…………

宋美璇的自白，是引人入胜的。她用自嘲的语气，剖析自己的内心，将爱恨情仇表露无遗，毫不躲避，扣人心弦，催人泪下。

从她的字里行间，月白清晰地感觉到，她对俗世的鄙夷，对命运的嘲讽，对生死的不屑，对因果的无奈。

月白觉得自己仿佛正坐在剧院里，目不转睛地盯着舞台，欣赏一出精彩绝伦的戏剧。

从幕布缓缓拉开的那一刻起，他就屏息凝神，完全入戏。他要看得足够仔细，要深入主角的内心，去体会她当时的每一种情感、每一种情绪。只有这样，他才能读懂她，才能理解她在那时，为什么会做出那种极端的行为。

6

“咚咚咚！”月白正看得心神专注，听见有人敲门。

开门一看，是天青，他又随手想把门关上。

“你个见色忘义的，看到是个男的就关门。”天青伸手将门顶了回去。

“可不是嘛，白激动了，我还以为是塞小纸片的呢。扫兴！”

“行了吧，人家塞纸片也是有选择的，一看就知道你是个有贼心没贼胆的。”

“你当塞纸片的是哲学家、心理学家啊，这都能看出来？”

“那倒不是，是大数据！”

“你别吓我啊，这也能大数据？”

“当然了，不信你试试。试一次，第二天门口的纸条指定多出好几倍。”

“也说不定，也许我试一次，你门口的纸条多了好几倍呢。”

“哈哈哈哈！”

他们对视一眼，哈哈大笑。

“说，找我干吗?”

“想找你去桥上转转。白天下了场雨，感觉特清爽。”

“行，陪你去吹吹风。”

“多谢月白公子作陪。”

“陪你可以，能不能把你那个‘炮筒’扔宾馆，我看着都嫌累。”

“我习惯了，不背‘炮筒’，总觉得少点东西。”

“能少什么？你以为‘炮筒’真是你的命?”

“是，如果飞机超重，让我扔‘炮筒’，我宁愿把自己扔下去。”

“你傻呀，不能把存储卡取出来，把‘炮筒’扔下去?”

“对啊，难怪人都称您老人家是‘月白般若哥’，果然比我聪明一丢丢。”

“你知道的，失之毫厘，差之千里。”

“这都哪跟哪啊，文不对题。”

“怎么不对题，意思是你短了那毫厘，就跟我差了千里。嘿嘿!”

“嘿嘿……”

他们聊着聊着，不知不觉，走到了花雨桥。

“乌漆墨黑的，连个灯也没有。夜里都没有什么人上桥。”月白一声叹息。

“黑有黑的好，看不清的混沌里，才有你想象不到的故事。”

“我又不是写小说的，要那么多故事干吗？我呀，就想着岁月静好，风轻云淡，没事哼哼小曲，看看话剧，逛逛画展，和一群狐朋狗友，胡吃海喝，周游列国。如果能偶遇佳人，吟诗作对，那就更完美了!”

“德行!”

“对头，要的就是这德行!”

月白和天青一前一后，穿过黑暗，走到廊屋的最中央，在美人靠上坐了下来，陷入了沉默。

暗夜十分寂静，周遭所有与人有关的杂音，此刻都销声匿迹。

桥下流水潺潺，青蛙的叫声时大时小，蝈蝈的欢唱持续高亢，几声鸟鸣，在不远处，此起彼伏。

月白感觉自己已遁入空门，心灵被完全净化，一切凡俗杂念，不翼而飞，不禁眼含泪水。

“月白，你小子不会又哭了吧？”

“哪有？”月白诧异，为什么天青总是能轻易地探测到他的情绪变化，不管何时何地。

“别以为天黑我就看不到，我不是跟你说过吗，我看事物用的是心眼，有没有光，对我来说，并无区别。”

“可不是，你就是心眼太多，才活得累！”

“谁说我活得累？我活得不要太逍遥！花前月下举杯饮，江河湖海任我游，人称任我行。”

“嘘，好像有声音，从上面传来的。”

“上面？”

“廊屋有二层，你不知道吗？”

“知道。老桥的二层是个佛堂，供着好几位神仙，新桥的二楼，不知道还有没有神仙。”

“神仙住在心里，跟几层有甚关系？”

“上去看看，小点声，不要惊动上面的神仙。”

“嗯，别摔着！”

他们扶着柱子，蹑手蹑脚地爬上楼梯。

到二楼门前的时候，两人蹲了下来。他们想通过门缝往里看，可是里面一片漆黑，什么也看不着。

只听见里面传来女子哼着小曲的声音。

月白觉得那声音和曲子都很耳熟，一细想，想起了傻女招娣。

“是那个傻女？”月白把声音压得很低。

“谁？”

"智障女孩。"

"你怎么知道?"

"我上次见过她，向周围的人打听了，她叫招娣。"

"那我们进去看看她在干什么。"

"别，别着急，说不定有别人。"

在门口蹲了好一会儿，确定里面没有别人的声音以后，他们才站起来，慢慢地推开门。

月白打开手机的手电筒，照亮了佛堂，看见招娣坐在阁楼的木地板上。她的周围堆满了各种杂物，看样子是她从各处收集起来的垃圾。

"啊?"招娣尖叫一声，身子开始颤抖，像是被亮光吓了一跳。

"别害怕，是我，我不会伤害你的。上次咱们见过，你还记得我吧?"月白在她跟前蹲了下来，伸手轻轻地拍了拍她的肩膀，柔声细语地说道。

招娣像是认出了月白，咧嘴笑了。

"招娣，我们都喜欢你，也喜欢你的玩具，我能看看吗?"

确认招娣没有抵触情绪后，月白开始在她的杂物堆里，仔细搜寻，想看看有没有与案件有关的物件。

翻了好一会儿，并无发现。

月白正有些失望，突然瞥见昏暗的角落里，破旧的桌子上，一本精美的画册静静地躺着。

月白快速将画册拿起，仔细一看，原来是一本国际画册。画册的封面虽然沾满了污秽，可是画册透出的高贵和精致依然难以掩饰，这让它和屋里其他的杂物显得格格不入。

月白很是诧异，一个傻女竟然会有如此有格调的画册，而从她放画册的位置来看，她似乎知道其与众不同，并格外珍惜。

月白拿着画册，小心翼翼地走到招娣跟前，再次蹲了下来，轻声问道:"招娣，招娣，这画册是从哪里来的?"

招娣没有回话，一把将画册从月白的手中抢了回去。

月白顿时没了招数，不知下一步该如何行事，直到天青往他的手里塞了一颗糖。

“招娣，你看，糖，可甜了，好吃的糖。”月白将糖举到招娣眼前。

招娣看着糖，眼里发出渴望的光芒。

“我给你糖，你把画册给我看看，我会还给你的。这是你的东西，我不会拿走，只是和你一样，我也很喜欢这个画册，只想借来看看。”

招娣接过糖，正要往嘴里塞。

“等一下。”月白抓住她的手腕，拿过糖，将糖纸剥去，将糖块放到她的嘴里。等到招娣开始享受糖赋予的甜蜜时，月白才得以将画册从她的怀中抽走。

还没等月白翻完画册，招娣已经吃完了糖，舔了舔嘴唇，看着月白。

天青见状，又剥了一颗糖放在她的口中。

等月白翻完画册，招娣也吃完了第二颗糖。

看着她一脸满足的样子，月白笑了，笑得有些凄凉。

“招娣，你告诉我，这画册是哪里来的？”

“桥，桥，桥……”招娣从黏腻的嘴唇间，艰难地挤出了“桥”字。

“桥上捡的，对吧？”月白接着问。

“桥，桥……”招娣没有点头，也没有摇头，只是一直重复着“桥”字。

“天青，还有没有糖？”

“有是有，但不能给了，怕她吃坏了。”

“你小子怎么这么多糖，你三岁娃娃啊？”

“你又不是不知道我低血糖，口袋里糖不能断，派上用场了吧？”

“你再给她两颗，我要把画册拿走。”

“给糖可以，你拿画册干什么？脏兮兮的。”

“怎么脏了？这叫艺术。”

“你们这些搞艺术的，撒泡尿都是艺术。”

“这本画册不好买，要从美国发货，歪打正着碰上了，就拿来翻一翻，学习学习。”

“可你也不能夺人所爱啊！”

“我看，糖才是她的最爱。”

“糖带来的满足是须臾的，等甜味过后，她想起这个画册，就该恨你了。”

“你说像招娣这样的人，真的有记忆吗？”

“当然有，不过是选择性记忆。”

“那她到底怎么选择，能记住什么样的事情？”

“这个哪说得清楚，应该是对她有深刻触动的人和事情吧。”

“这不是废话嘛，正常人不也一样？更容易记住对自己有触动的人和事。”

“说不清楚，痛快给糖吧。”

天青说着，又往招娣的手里塞了两颗糖：“不会吃坏了吧？”

“大哥，你就别瞎操心了，说不定人家半年都没吃过糖了。再说，她是成年人了，又不是你，三岁娃娃。”

“去你的吧！”

趁着招娣幸福地摆弄手中的糖果，月白拿着画册，走下了楼梯，天青紧随其后。

再次站在一层的桥板上，月白转身抬头看向二楼，二楼又恢复了一片漆黑，招娣成了漆黑中的一部分。唯有她不断重复的、节奏单一的哼唱，向暗夜宣示着她的存在。

月白不禁又陷入了自责与感伤。他鄙视自己，竟然用几颗糖就骗走了招娣的精神食粮。在他看来，这是一种近乎卑鄙的手段。可是，彼时彼刻他别无选择。招娣有招娣的悲哀，月白有月白的无奈。

第十章　暗示

1

回到房间，月白继续研读宋美璇的自白书。

那天晚上，从桥风农家乐回到家后，我和英杰面面相觑，陷入了从未有过的尴尬。

沉默了好一阵子之后，英杰终于忍不住问我："你说的是真的吗?"

"你指什么?"

"你别装了，还能有什么?"

"是真的!"我的语气冷静而肯定，因为我想让他知道，我并没有后悔说出他的身世。

"那你为什么不早告诉我?"

"让你知道你父亲是个恶魔，有什么好处?"

"可我也有知道的权利!"

"你越早知道就越煎熬，你可以忍受一个和你无关的人杀人放火，却怎能目睹一个和你有血缘关系的人欺凌霸道？如果这种血缘关系过于亲近，你会觉得他做的所有的恶都是你的错！你会日日夜夜，没完没了地折磨自己，好像你承担了他所有的罪。你分分钟想要将他千刀万剐，却又无能为力。”

“我不管你怎么说，你就是不能欺骗我这么长时间，整整16年！”

“不是的，英杰，妈妈也是刚刚知道的。”

“你也是刚知道的？怎么可能这么巧？你刚知道，就派上用场了，你神机妙算？”

“因为总是有人跟我说，你长得和何归年很像。所以，你爸爸去世后，我才拿他的头发和你的去做了亲子鉴定，发现你和李辉煌的基因匹配度并不高。”

“仅凭这个，你就认定我是何归年的种？你凭什么这么肯定？”

“因为，因为，除了李辉煌和何归年，我就没有和别的男人……”

“你别往下说了，我都开始鄙视你了！你什么眼光啊？唯一苟且过的两个男人，一个是败类、懦夫，一个是恶霸、淫棍，你就不能长点脑子吗？你给自己的孩子选爹，就不能谨慎一点儿，清高一点儿吗？”

“英杰，是妈妈对不起你！妈妈这辈子犯的最致命的错误就是爱上何归年。”

“你快拉倒吧，不要玷污‘爱’这个神圣的字眼。”

“可是，英杰，你现在知道也不晚，你已经成年了，有了自己的判断，你可以有自己的选择。”

“我能有什么选择？我要选择他这样的禽兽做我的父亲吗？既然之前瞒着我，为什么现在要说出来？为什么不一直瞒下去？为什么不把这个秘密带到棺材里？”

“当时的情况，如果我不说，他们会把你打死。你知道的，他们做得出来的！”

“那就让他们把我打死好了，一了百了，死了就不用受这样非人的煎熬和折磨了。”

“英杰，你听妈妈说，他是他，你是你，他不过是在你的生命形成的时候贡献了一个精子而已，不过就是基因序列和你更加相似而已，你不需要给自己这么大的压力。你是你，是你自己，是李英杰！与他人无关！你只需要勇敢地做你自己！”

“我真的可以摆脱干系吗？我是地头蛇的儿子，我的亲生父亲是个恶魔，父债子还……以后我走在街上都会头皮发麻，像一个过街老鼠，人人喊打。”

“不会的，孩子，你也是我的孩子啊！我生你，养你，你的骨子里流着我的血，从你身上能看到我的影子。你和他，除了基因，没有其他任何关系，你不需要去背负他犯下的罪，你只管做好你自己，做一个顶天立地的男子汉。世界上没有一个人可以真的左右你的思想，除了你自己。”

“你别再说了，你说的这些大道理，听起来很高大上，可事实上，都是一些难以物化的理想，都是自我安慰。人最逃不过的就是感受，就像你，有多少时候，心如刀割，痛不欲生，却还要装作一副无所谓的样子。我不想像你这样道貌岸然，每天都高昂着头颅，内心却常常几近崩溃。”

“是，我曾经崩溃过，曾经妥协过，甚至想过放弃自己的生命。可我挺过来了，我最后没有让我的意志败给我的感受，尽管那些感受足以让我呕心抽肠。”

“够了，你闭嘴吧！”英杰怒气冲冲，想要往外走。

2

“美璇，他们说的是真的吗？”

何归年突然出现，英杰停下脚步：“你终于来了？又想来撒野？”

“不是，英杰！我来看看你妈，也看看你。”何归年说出最后几个字的时候，声音微弱到几乎让人听不见，他低声下气的样子，着实吓了我一跳。

“你来看我？平顺古镇的第一恶霸来看我，我哪好意思啊！我哪担待得起啊！看完之后，哪天不高兴了，不会要从我身上取走点东西满足你的征服欲吧？比如要根手指，要条腿啥的。”

“英杰，你别这样说话，你小孩子不懂大人的事情，我承认我做过许多坏事，可是很多时候为了生存，也是无奈之举。”

“无奈？无奈就可以为所欲为，无奈就可以强买强卖，无奈就可以强抢民女，无奈就可以杀人放火啊？”

“我没有杀人放火！”

“你倒是想啊，我相信，你干得出来！现在没有，不代表以后没有，只是时候未到！”

李英杰步步紧逼，何归年勉强应付，甚至有些逆来顺受。

“美璇，英杰他，真是我儿子吗？你跟我说实话。”

“是！”我回答得斩钉截铁。

“你没有骗我？”

“没有！”

“骗你干什么，做你儿子很光荣吗？难道人家还得编个谎言骗你？你以为你是谁啊？岳飞，还是黄继光？”

“好！既然是我儿子，我就是你老子，你得听我的！”何归年转向英杰吼道。

我知道，在英杰的冷嘲热讽之下，何归年必将原形毕露，可我没想到的是，他的语气会转变如此之快，刚才还像虫子一样嗡嗡作响，顷刻间变成了像狼一样咆哮。

“你看到了吧？这就是你说的，给我精子制造生命的人，你看看他那个样子，你可真有眼光！借种，你也得借个有人样的啊！你怎么能借个禽兽的？”

“不许跟你妈妈这样说话，都是我的错，不怪她。”

“哇哇哇！我的天哪！你能亲口承认你错了，那简直就是老天开眼了。”

“英杰，你够了，不要上纲上线，没完没了！”英杰不停地挖苦何归年，让我觉得害怕，害怕他们俩之间紧绷的弦断了，一发不可收拾。

“你够了，你也不是什么好东西！就凭你和这样的禽兽上床，就说明，你要么愚蠢，要么媚俗，不自重，不自爱，不自知！”

“你给我闭嘴，你个小王八蛋！”

“你说的对，我是小王八蛋，你是老王八蛋！你个彻头彻尾的王八蛋。”

“你再说一遍，再说一遍！”何归年终于忍无可忍，彻底被激怒了。

“英杰，你快停下，听妈妈的，孩子，我们犯不着跟他一般见识。”

我走到英杰面前，语重心长，想要劝他，可他就像是着魔了一样，完全不听劝。

“你给我滚，你也不是什么好东西！”

“不许这样跟你妈妈说话，我今天就要好好教育教育你个兔崽子！”

何归年冲到英杰的前面，挥起拳头就要砸向英杰。我迅速地跑到他与英杰中间，想要阻止他，谁知他的拳头正好砸在我的脸上。

“你居然打我妈，看我不杀了你！”

英杰冲到前面揪着何归年的领口，他们俩终于扭打在一起。

可是英杰毕竟是个孩子，我担心他受伤，于是抄起桌上的烛台，砸向何归年的后脑勺……我本来想用这样的方式砸醒何归年，让他们停止扭打，谁知，我用力过猛，一烛台下去，何归年的后脑鲜血直流。

何归年转过身，愤怒地看着我，那架势像是要将我千刀万剐。英杰走到他跟前，背对着我站着。我虽看不见英杰的表情，但是我能感觉到他们之间胶着的对峙。

也许是英杰的眼神比他的更犀利，何归年只好低头离开了。

他离开后过了几分钟，我跟英杰说，我要出去透透风。

英杰不让我出去，我跟他说："不让我出去，我会憋死的。"

英杰于是又强烈要求陪我出去。在我对他一通训斥后，他才作罢。

走出家门，我快步追上何归年，而后，偷偷跟在他后面。

他走路东倒西歪，走到花雨桥桥阶时，停了下来。我躲在将军柱后面默默地等待着机会的到来。

一想到往后余生，何归年可能会把英杰占为己有，逼迫他做他不愿意做的下三烂的勾当，让他成为他罪恶的承受者，我就迫不及待地想让何归年死掉，多等一秒，我都觉得煎熬。

当他走到桥阶的边缘时，开始呕吐，我窃喜机会来了。

我蹑手蹑脚，悄悄走到他的身后，支起双掌，快速用力向前一推，他掉了下去……

我跑下石阶，快速离开花雨桥。

我一边跑，一边喘着粗气，隐隐约约中，何归年凄惨的呻吟声，在我的耳畔回响……

回到家，我快速回到自己的房间，锁上门。

我瘫倒在床上，涕泗横流……

曾经多少个夜里，我梦见何归年死了。我站在他的尸体旁，笑得很得意，很陶醉。可当我亲手将他推下桥以后，我却哭了，哭得百感交集，哭得连我自己都觉得莫名其妙，直到英杰来敲门，我才收起我的情绪，收起我的眼泪，因为我不想让他看见我的脆弱，更不想让他知道，我的眼泪里到底包含什么样的深意。

3

讲到这里，我原以为，可以闭幕了。我只需要坐在家里吃斋念佛，静静地等待何归年跳河自杀的消息传来，或者等着警察上门来抓我。可我万万没有想到的是，第二天，就在死讯四处传开的时候，我听说，英杰去了派出所。

这个傻孩子，一定是为了保全我去自首了。

冲动之下，我也想去自首，把英杰换出来。可转念一想，我告诉自己不能去。就算我进去了，英杰也不一定出得来。于是，我劝自己要冷静，要睿智，要慢慢想办法把英杰救出牢笼。

你一定会问我，既然这样，为什么还要喝毒药自杀，像个老鼠一样卑贱地死去？为什么不抗争到底，直到我的英杰重获自由？

少安毋躁，慢慢听我说，你，你们可要相信，我宋美璇做的每一件事都有充分的、不可动摇的理由。

当一个神秘人物突然出现，对我说，经过亲子鉴定，已经确认李英杰是何归年的亲生儿子，只要我去公安局自首，承认人是我杀的，英杰就能很快恢复自由，他的档案也不会有任何污点的时候，我把自我了断想象成了一个伟大的图腾。

你们一定以为听了这样的话，我会心寒，会愤怒。他是想用我的命换取何归年家族的血脉。

可是你们都错了，我不但不愤怒，反而很心安。只要我的英杰真的可以获得自由，我什么都愿意做。从英杰为了我去自首，要替我顶罪那一刻起，我就明白，作为一个母亲，我是何等成功，何等幸福。再加上，何归年已死，我已经没有什么后顾之忧了。

唯一让我觉得担心的是，我的儿子英杰，因为要接纳自己是何归年家族后人这一事实感到痛苦、悲哀、无奈，也要在余生的漫漫长路中，努力摆脱他的亲生父亲被他的亲生母亲杀害的残酷事实的阴影。

自首是容易的，坐牢却是煎熬的。我虽有刘胡兰式的不屈不挠，可一想起要在监狱里像蛆虫一样苟且，我就恐惧到发抖。于是，我选择用自己的双手结束自己的生命，也结束由我主演的这个充满了传奇色彩的悲剧故事。

谢谢您的观看，就让我在天堂里，如果我能去天堂的话，静静地欣赏后人的评说。

4

宋美璇的自白书，让月白产生难以描绘的纠结感。这是一份写得非常成功的自白书，感情饱满而真挚，语言生动且丰富，情节也是合情合理，看起来毫无漏洞。既写出了一个母亲为了拯救自己的孩子甘愿自首的无怨无悔，又道出了命运被人操控的无奈无助，其中处处是抗争，也时时有屈服。这不禁又让月白想起了 Yi Chen 的人像画，不管如何抗争，最终都难逃妥协。这是宋美璇的命运，也是这个时代大多数人的命运。

宋美璇简直就是 Yi Chen 画像活化的典型代表。

于是，他又拿起了画册，开始一页页地往后翻。

每一张画的底部虽然都有文字介绍，可他一眼都不想看。他总觉得画进入人眼最初一刻的感觉是最真实可信的，那是视觉对艺术品产生的初恋，初恋总是美好的。就算是错觉，也美好得无与伦比。

任何描述画作的语言在他看来都是多余而刻意的，因为语言也许是一种骗人的东西，可以夸大，缩小，丑化，美化，甚至可以杜撰，可以神话。艺术语言不应该通过文字过多地诠释，否则就会陷入文字制造的错觉和假象。

文字和视觉之间有一道深深的鸿沟。那些依靠文字解读来吸引观众的画家，尤其是当代画家，又何尝不知其中的无奈。只是当人们实在看不懂他们的画要表达什么的时候，文字必须上场，而且要装作一副哲人或者专家的样子，把画作诠释得头头是道，让听的人啧啧称奇，五体投地。

每幅画作的形成都有非常偶然的因素，并非完全出于画家的设计。艺术品有自己的生命，越高级的艺术品越有丰富的生命。

宋美璇的自白书，在月白看来，就是一个高级艺术品。

这个艺术品里面有太多隐藏的内容，等着他去发掘，去体会，去诠释。

翻到画册的最后一页，月白看见留白处，密密麻麻站满了大小不一的红色数字，从1到10。

“招娣居然还会写阿拉伯数字，真是出乎意料啊!”月白自言自语，会心一笑，仿佛突然获得了某种温暖的安慰。

第十一章 惊现

1

木华来敲门。

这是木华第一次主动来找月白，月白有些受宠若惊。

“你怎么来了？”

“我刚在楼下吃早餐，遇到天青，他说你昨天得了一本画册，我来看看。”

“天青这小子，嘴巴靠不住，一见到美女，什么秘密都往外蹦。”

“不就是一本画册吗？哪有什么秘密？”

“这哪说得准，说不定里面画着平顺古镇的藏宝图呢。要真是这样，咱俩就发财了，去马尔代夫买个岛，琴瑟在御，共度余生，如何？”

“想得倒挺美！”

“藏宝图的事儿，千万不要告诉天青，那小子靠不住，整不好，写个新闻稿直播出去了，咱俩的好日子就打水漂了。”

“哈哈哈！”月白越说越像那么回事，木华忍不住笑出声来。

“你笑了，知道吗，在我眼里，你的笑胜过所有的宝藏。”

木华收起笑容，表情变得凝重，她看了一眼月白，发现月白正盯着自己，立刻有些尴尬地低下头去。她走到茶几前，拿起了正静静躺在上面的画册。

“就是这本画册？看起来是挺精美的。”

“那是当然！这本画册在艺术界是很有分量的，是对八十年代末九十年代初‘具象绘画回归’至今具有人物元素绘画的一次回顾，展现了以人物元素为基础的绘画在观念、内容与形式上的丰富探索。”

“难怪一看到这些作品，心仿佛被什么震到了。”

“什么感觉？”

“有时像初恋，美好却酸涩；有时又像诀别，仿佛不得不告别整个世界。”

“文艺女青年，总是能看到别人看不到的深刻，并勇敢恰当地说出来。你对艺术很执着，和艺术相关的事物总能引起你强烈的兴趣。”

“没有得到的总能吊起人的胃口，没有实现的总是发着诱人的光芒。因为缺憾让人更加执着。因为我没有考上中央美院，所以对艺术有一种近乎疯狂的执迷。”

“而我呢，考上了，反而不再执迷了。”

“人生中，有太多美好的事情，适合远观，却不可亵玩。”

“Yi Chen 的作品，我非常喜欢，很有张力，抓人眼球。”

“他喜欢打破人脸的和谐，用东西方五官的差异诠释一种矛盾情绪。”

“你也知道他？可以啊！你喜欢他的作品？”

“谈不上喜欢，但确实有共鸣。”

“不喜欢，何来共鸣？”

“喜欢一个东西仅仅会产生愉悦感，可引起共鸣的事物产生的往往是焦灼、扭曲，甚至是痛苦。就像他的画，把一些看起来很不和谐的五官和元素拼凑在一起，乍一看，很难让人产生愉悦，但是，画里所表达的情绪，却明明走进了你的内心，撞击你的灵魂。

就像这一幅……”李木华翻到画册的某一页，示意月白看其中一幅画像。

“左眼是西方人典型的大眼，炯炯有神，闪烁出一种深邃，右眼却是典型的东方人的单眼皮、小眼睛，含蓄迷离，看起来是要诠释东西方的文化撞击，又像是在展现我们这个碎片化时代的不和谐和不规则，可是从整个面部表情来看，又有一种对现实抗争批判之余的无奈妥协。”

“没错，将各种元素拼凑在一幅画上并不困难，难的是，要让这样的拼凑产生出一种紧抓人心的情绪，或欢愉，或悲伤，或欣慰，或绝望，或妥协，或抗争，或爱，或恨，或决绝，或留恋。”

“最难的是，在一种主要情绪的背面，其他各种情绪也隐约可见。”

“我们这个时代，碎片化的不是事物和表象，更多的是一种情绪多变，是一种精神间歇。长期坚守一种情感或一种信仰，变得格外困难。”

“人们对各种科技尤其是对人工智能越发强烈的依赖，严重淡化了人与人之间的精神依赖，也破坏了人与自己之间的和谐关系。Yi Chen 的画很好地诠释了这个时代的特质。”

“也很好地表达出了人类当前的焦灼，因为淡化并非切断，每个人都明白，科技带给人的任何感官体验，都无法替代人类的精神本源赋予的体验，于是，人类又陷入了对原始的人与人之间精神纽带的渴望。可悲的是，因为明白寻求这样的纽带长路漫漫，要付出太多，而且不一定有理想结果，强烈的矛盾感由此而生。这样的矛盾感越发激烈的时候，人就很难精神圆满，本质上已经陷入了精神的支离破碎。Yi Chen，他既画出了这样的支离破碎，又表达出了这样的矛盾感，难能可贵。”

“最喜欢和我谈画论道的乔胭，睿智，健谈，聪慧，思辨，明明长着一副黛玉般娇俏可人的模样，却又像一个哲学家滔滔不绝，一针见血。试问谁不爱这样的乔胭？”

“你就是这样的，每次我口若悬河，妙语连珠的时候，你就打岔，开始捣乱。”

“不可能，我怎么可能是这样的人？”第一次，木华用自己的语言证明了她是乔胭。月白暗中窃喜，他把脸凑近她的脸，看着她的眼睛，歪着头调皮地问道。

木华突然满脸通红，好像突然意识到自己说错了什么：“你不能选择自己的时代，连怀旧的机会都没有，也不能选择自己的出身，连感慨都是多余的。”但是她很快调整情绪，抬起头，说起话来，又像极了一个思想深邃的哲人。

“好了好了，不要搞得这么高深好不好，咱们不过是肉体凡胎，想多了，就是自寻烦恼。”

“我也想学学 Yi Chen 的画风。”

“每个艺术家的风格都是他的基因、阅历、认知的集合体，描摹拷贝都是肤浅而勉强的。人的精神实质就像树叶的纹路，不可复制。当然了，你可以学习他的技法，但是一定要把你自己的精神特质在你的作品中体现出来，而不是探索他的精神特质。”

“是的，每个人都是独一无二、不可替代的。反映在作品上，更是如此。”

“我喜欢你这样。”

“我什么样？”

“喜欢你风轻云淡，没有哀伤。”

“谁不喜欢风轻云淡，谁喜欢哀伤？可是再风轻云淡，也不可能完全没有哀伤，哀伤也是一种美感。”

“哪怕是悲剧，把美丽撕碎了给人看，也有美感。”

“破涕而笑的瞬间，你会觉得生活格外美好。”

“天天没完没了地笑，那是傻子！”

“所以，干吗抵触哀伤？如果你知道……”

“如果你知道，哀伤是人类情绪固有的组成部分，是客观存在，是一种美感……”月白将木华没有说完的话接了下去。

12年前，他和乔胭，就是这样，常常把对方将要说出口的话，轻而易举地，自然而然地接下去，不用思考，不用纠结。好像他经常在她的脑海中，她常常在他的思想里。他们就是这么默契，这么搭。

他们还总是不约而同地哼着同一首歌，在不同的音域，却在同一种情绪中产生共鸣。

月白心中暗喜，预感乔胭离完全回归已然不远。

2

“铃铃铃！”手机铃声打断了他们的对话。

月白看了一眼来电显示，没有急着接通，转头对木华说：“我出去接个电话，你先坐会儿。”

“你在这儿接，我正好要去桥上转转。”

“那你先去，等我忙完了手头上的事，过去找你。”

“你先忙你的事。”

木华说着打开门，走了出去。月白目送她，直到她消失在走廊的拐角。

等他走回房间，电话的铃声已经停了。

他拨了过去：“张处，您好！”

“你怎么回事？一个死人还没有弄清楚，怎么又来了一个？”

“张处，您别吓我，谁死了？”

“你别装，宋美璇死了，李英杰的母亲！你不会不知道的！”

“我真的不知情，没人通知我啊！”

“我说江月白啊，你当我是傻子吗？这两天，除了你和看灵堂的张小样，就没有人出入宋美璇家。昨天晚上，你走出灵堂不到一个小时，张小样就报警，说宋美璇死了。你说你不知道她死了，鬼才信！”

“张处，你不会怀疑是我杀了宋美璇吧？”

“那不能，你哪有作案动机啊？我只是生气，你明知她死了，也不给我打个电话汇报一下。”

“是我的疏忽，张处！但是您要知道，我也有我的考虑。我不是不想暴露我的身份嘛，暴露了，以后还怎么查案呢？”

“你江大侦探，当然有你的考虑！可你至少可以跟我先打个招呼吧？我好有个心理准备，至少上面电话打下来，我也就知道怎么接茬了。现在倒好，上面比我还先知道宋美璇死了，你让我怎么办，让我这脸往哪搁？”

“张处批评的是，这件事情确实是我考虑不周，我下次一定注意！”

“下次？还有下次啊？也就你，江大侦探，不把我这个处长放在眼里。”

“张处，借我十个胆，都不敢对您不敬啊！”

“你小子，油腔滑调。不过这样也好，宋美璇畏罪自杀，那李英杰就可以无罪释放了，基本上就可以结案了。”

“这么快就结案了？张处，您也太心急了吧？”

“事实不是已经很清楚了吗？”

“怎么就很清楚了？”

“宋美璇在她的自白书里已经承认，是她亲手把何归年推下桥的。”

“如果宋美璇是替儿顶罪，或者……”

“或者什么？”

“这个，目前，我还不敢妄下结论。一有进展，我会第一时间向您汇报。”

“你这小子，就是鸡贼。”

“岂敢岂敢，我的小聪明在张处面前，都是小巫见大巫。”

“平顺公安局，有个叫孙平的，是我们刚刚任命的何归年案件的主要负责人，这个人是我们从别的县刚调过去的，很可靠，你可以和他里应外合。”

“太感谢了，这正是我急需的！”

“马屁少拍，多干活。何归年的死还没弄清楚，又来个宋美璇，不给你找个搭档，怕你神探的大名难保！”

“知我者张处也！”

“有进展，马上通知我！月白啊！还是那句话，青青翠竹，悉是法身，郁郁黄花，无非般若。破案，放眼于大处，着眼于小处。”

“张处，我明白。”

月白挂了电话，心里很不是滋味。张处说得轻巧，张口闭口就是佛法禅意，好像动动手指头，一点算，真相就可大白于天下。

他坐在空城的办公室里，喝着清茶，晒着太阳，没事打个电话，论论案情，发发牢骚，谈谈理想，指点江山，一副睥睨天下的样子，可他忘了，他之所以能云淡风轻，不过是有人替他负重前行。如果让他来案发现场，寻找线索，他恐怕再难像哲人一样，双手别于身后，心气高过苍穹。

3

“孙平兄。”

“月白兄。”

“真是有缘千里来相会，没想到，在平顺古镇，还能和月白兄对酒当歌。”

“不一定是缘分，也可能是造化弄人。”

“什么造化弄人？”

“上次咱俩在古同县的合作，堪称山鸣谷应，珠联璧合。所以呢，我就要了点小心机，把你给弄过来了。”

“啊？原来是你暗箱操作呀！你小子，真够可恨的，我在古同县待得好好的，冷不丁，给弄到这里来了。”

“什么暗箱操作？说得这么难听，不过是适逢其时。你说他们这帮人，让我偷偷来查案，也不给我安排个内应，我怎么进行得下去？”

“江大侦探，无所不能无所不知，需要什么内应啊？”

“推理我在行，可是化验我哪行啊？我又不是机器。”

“所以就把我弄进坑里，当你的机器？”

“原来县里那帮人，全都污秽不堪了，上面也知道。所以一说把你调过来，都觉得合适，你现在是平顺古镇唯一一片净土。”

“你是我的一片净土，这是我收到过的最美的情书。我感觉，我上当了！”

“哈哈哈哈！你懂的。”

“懂！懂又如何？知道上当了又如何？该上的当不是还得上吗？”

“周瑜打黄盖。不过呢，你也要格外小心，这次案件所有的化验结果，都要保密，真相大白之前，只有你知我知。”

“放心，化验科有我带过来的人。”

“有你真好，合作愉快！目前案情胶着，还需要咱们齐心协力，攻克难题。”

“是，尸检报告已经确认何归年是坠亡，没有抛尸的可能。至于是主动坠亡还是被动坠亡，不好确定。”

“也就是说，不能确定是自己掉下去的，跳下去的，还是被推下去的？”

“是的，何归年后脑上除了多处擦伤，还有两处明显的击打伤。击打伤老于擦伤，可见他坠亡之前，被人袭击过。”

“这些信息，张处之前已经告知，现在能确定两次击打的凶器吗？”

“能大概确定凶器的种类。一个是类似于铁锹的东西，另一个是类似于烛台的东西。”

“两个都是要命的凶器。”

“宋美璇在她的自白书里承认是她用烛台袭击了何归年，把何归年推下桥去。她畏罪自尽，你怎么看？”

“我见过宋美璇，和她会面的时间虽不长，可是从她的言谈举止中，不难看出她的刚毅和理智，她不像是会轻易放弃自己的人。”

“为什么？”

“第一，李英杰的父亲李辉煌已经去世，宋美璇是这个世界上唯一一个可以豁出性命拯救李英杰的人。宋美璇这个时候自杀，无异于断送了李英杰的后路。”

“她承认自己是凶手，李英杰就安全了。这难道不是拯救吗？”

“听起来顺理成章，可是，你不觉得这样太冒险吗？她应该很清楚，就算她自杀了，认罪了，李英杰也不一定能被安全释放。这样的话，她就白白搭上了自己的命。如果她真是凶手，又为什么要等到今天？她应该在李英杰去自首之前就去自首，比现在这个节骨眼出来搅和，要有效得多。还有，我第一次见宋美璇的时候，她一直强调，让我救出李英杰，看样子，她当时并不知道李英杰是去自首的，反而倾向于认为，李英杰是被人强押至派出所的，可是自白书里，却又明明白白写着，李英杰是去自首的。”

“李英杰确是自首，但他应该是在宋美璇不知情的情况下去自首的，不然宋美璇怎能同意？”

“既然如此，她的自白书里怎么又？”月白眉头紧锁，期望孙平答疑解惑。

“可能是，你第一次见她的时候，她还不知道，可是写自白书的时候，已经知道了。”

“难道是有人故意想让她知道？”

“为了让她的畏罪自杀或替儿顶罪有更强烈的情感支撑？”

“暂时也只能这么理解了。这一对母子，一前一后，都说自己是凶手，真叫人心疼又心乱。”

“是啊！李英杰的口供很明确，坚持强调，是他用烛台袭击了何归年，至于何归年如何掉下桥去，他并不知情。”

“烛台找到了吗？”

“找到了。”

“在哪里找到的？”

“是李英杰带到派出所的。”

“哦？这个李英杰啊！”

“烛台上面的皮屑和血迹确实是何归年的，可是。”

“可是什么？”

“可是烛台上既有李英杰的指纹，也有宋美璇的。”

“所以根据指纹很难判断，究竟谁是真正的袭击者。”

“我们只能确定，在那个晚上，这对母子中的一人确实用烛台袭击过何归年，导致他脑部出血。”

“既然如此，宋美璇也有嫌疑，为什么不逮捕她？”

“因为李英杰自首认罪，口供和尸检报告吻合，发现宋美璇的自白书之前，并没有迹象表明她有嫌疑，烛台上的她的指纹，也许只是平常生活中留下的。”

“监控呢？”

“平顺古镇的监控摄像头只是个摆设，监控系统根本没有启动，连电源都被拔了。”

“目无王法！一定是何归年的势力在作祟。”

“开始的时候可能是他的淫威所致，到了后来，就不一定了。”

“是的，黑白同道，蛇鼠一窝，没有这个监控系统，倒皆大欢喜了。那另一个击打伤的凶器找到了吗？”

“还没有。”

“有没有可能，另一次击打也是这一对母子所为，只是他们都不愿意承认。”

“目前不能确认。”

“当务之急，尽快找到另一个凶器。”

“是!”

“没有监控，可把我们破案的给难倒了。”

“只能靠俺们的大智慧进行推理了。”

“是啊，只能靠烧脑了!”

“推理才是侦探该干的事，靠数据影像资料的，那是假侦探。”

“哈哈哈哈，谢谢你安慰我，你可真是个可爱的人儿。”月白哈哈大笑。

“不愧是神探啊，居然还笑得出来。”

“这叫苦中作乐!”

“言归正传，宋美璇和李英杰，一个畏罪自杀，一个自首，一个母亲，一个儿子，简直挑战了我们的认知。”

“可不是嘛，李英杰去自首，可能是因为他明白，自己是个未成年，就算杀了人，也不会被判刑，甚至有可能坐牢都免了。”

“既然如此，宋美璇为什么还畏罪自杀?”

“宋美璇如果真是自杀，唯一的考量就是不想让李英杰有犯罪污点。她很清楚，这样的污点足以毁掉他的一生。不过，在我看来，宋美璇的死没有那么简单。”

“你是说，有人想让她死?”

“是有人想让我们相信，宋美璇是杀死何归年的真凶，她是畏罪自杀。或者，想让我们相信，李英杰确是凶手，宋美璇自杀是替她儿子顶罪。”

“不管是何者，凶手反正出自这一家子，和其他人就没有什么关系了。”

“没错，这个‘其他人’，之所以要如此大动干戈，铤而走险，一定是因为他或她与何归年的死，也脱不了干系!”

“咱们俩想到一块儿去了。只是这个‘其他人’若真的存在，那就是弄巧成拙，自掘坟墓!”

“也不一定，宋美璇的自白书，感情之真挚，用词之贴切，足以以假乱真！如果没有遇到真正的对手，这个‘其他人’完全有可能蒙混过关。假设宋美璇真的是畏罪自杀，她自白书里面提到了一个人。”

“来劝她喝下毒药的？”

“正是，现在能不能确定这个人到底存不存在？”

“不能，不过根据张小样的口供，除了你，这几天他从来没有见过其他人出入灵堂。”

“会不会不是从正门进去的？”

“这个就不得而知了，难不成爬墙进去？”

“因为没有监控，本来易如反掌的事都难上加难了。何归年的几处住所，有什么新发现吗？”

“他在平顺一共有 4 处房产，镇所都派人去搜查过，并没有发现对案件有用的信息。”

“书房呢？”

“什么书房？”

“听说何归年有一个特别大的书房，没有找到？”

“没有！”

“那就奇怪了，听守灵堂的张小样说，何归年的书房很壮观，各种书都有，何归年爱极了看书。”

“真的假的？真是难以想象，一个千夫所指的地方一霸居然还是个书虫。”

“谁规定地头蛇就不能是个书虫的？平顺古镇的旅游业之所以发展得这么好，和何归年脱不了干系。说得客观一点儿，也是他的贡献。”

“就算是贡献，恐怕也是霸凌了多少人的结果。”

“咱们可没有时间探讨他的是非功过，不管他有多大的过错，在我们这里，他首先是个死者。尽快找到他的书房，说不定里面藏着秘密呢！”

“可是，怎么找呀，仿佛是一个移动空间，没有切入点。”

“好办！传讯守灵的张小样！”

“BINGO！”

月白和孙平一个“HIGH FIVE”以后，分头行动。

4

宋美璇的遗体被抬出家门的时候，月白站在不远处悄悄看着。她躺在担架上，身上盖着白色的床单，脸被完全蒙上。她的裙摆垂挂在白床单与担架之间，随着担架的移动，前后摇晃，像是在刻意提醒人们，她的存在。

裙子墨绿的底色配上密密麻麻的玫红色花点，让月白眼花缭乱。不和谐的撞色，产生的非常规的视觉效果，让他心生烦躁。

月白盯着担架的头部，仔细地搜索着记忆，竭尽全力，想要想起宋美璇的脸部特征，可不管他如何努力，想起来的唯有她表情里的刚毅和眼神中的不屑。仿佛那刚毅和不屑形成了一种精神屏障，覆盖在她的脸上，让人忘记了她的五官究竟长什么样。

他正唏嘘慨叹，突然看见，她的裙摆处射出一点闪闪的亮光。他定睛一看，像是一个黄金耳坠。

他疑惑了。

昨天，他离开之前，明明将她全身上下，都细细检查了一遍，并没有看到这个耳坠。

是他当时疏忽了，没有发现耳坠，还是说，这个耳坠是在他离开之后出现的？

月白又拨通了孙平的电话：“孙平，你让担架停一下，我刚看见宋美璇的裙摆处有一个疑似黄金耳坠的东西，你快收好，一回到局里，马上对耳坠上的皮屑进行 DNA 鉴定，有结果了即刻通知我。一定保密！”

“明白！”

宋美璇一死，灵堂撤了。镇上的人们开始深信，凶手不是李英杰，而是宋美璇。

“原来是宋美璇把何归年推下桥，这个女人不简单，也只有她，能治得了那个王八蛋！”

“不是不报，时候未到。”

“何归年死不足惜，可是偏偏搭上宋美璇的性命，造化弄人。”

…………

平顺古镇在人们各种滋味的慨叹中，陷入了前所未有的宁静。

如果说，何归年突然死去的消息像一束烟花在人们的瞳孔里绚烂绽放，那宋美璇的死就是烟花的灰烬徐徐飘落。一切都偃旗息鼓，人们再也没有了期待。

如果说，何归年与宋美璇之间的故事，还留有一些残羹冷炙的话，那就是即将出狱的李英杰到底何去何从。

对于月白来说，这样的宁静，带着刺人的嘲讽，让他迷恋，也让他觉得万分悲凉。

他强忍着内心的压抑和愧疚，爬上了花雨桥。

坐在美人靠上，他呆若木鸡，神情恍惚，已然忘了自己身在何处。

桥窗上，一只长尾黑指爪轻踏，来回走动，仿佛看出了他的心事，叽叽喳喳地叫着誓要将他逗乐。

长尾黑的身后，是一排连体别墅，别墅的顶层毫无例外挂满了五颜六色的衣服被褥等。

衣架子被风吹得摇摇晃晃，形成衣浪，由近及远，又由远及近。

月白无心欣赏，直到有一个人端着一大盆衣服出现，将衣浪切断。

“天哪!”月白突然一声大叫，猛地站了起来。

长尾黑被吓了一跳，拍着翅膀飞走了。

“孙平，你还在宋美璇家里吗?”月白拨通了孙平的电话。

“在，有什么指示?”

“你快爬到顶楼！别挂电话!”

孙平快速跑至顶楼，发现顶楼的两个房门都被锁着。孙平打开左侧房门进去，是一个卧室，他又打开右侧房门，推开后正是挂衣服的阳台。阳台没有封顶。锁暴露在外头。

“你快看看，锁有什么不一样?”电话里，月白有些迫不及待。

“没什么特别啊！就是普通人家用的锁。”

“锁是没有问题，你再看看固定锁的螺丝。”

“螺丝？天哪！这个锁好像被人拆过！锁和门的连接处边界粗糙，地上有木屑!”

“不需要钥匙，直接把锁拆了，就能轻易进入，出来以后，再把锁装上。”

“也就是说，只要成功爬到这个阳台，想进入房子内部，并不困难。”

“何止不困难，简直轻而易举，你再看看两户人家之间的公共墙体。”

“阳台没有封顶，家家户户的顶层只隔着矮矮一堵墙，如果谁想爬到另一家，只需要一个小梯子就行了。”

“这么说来，谁要是想串到另一家，干点坏事，偷点东西，都太容易了。”

“正是，那么往宋美璇的食物中放点什么，也不是什么难事了。”

“那只要查一查，宋美璇家隔壁住的是谁不就行了?”

“不，光是隔壁可不够，就算是中间隔着十几户人家，想要爬过来，也不难。”

“再一想，不住在这一排别墅里的人，通过随便哪家，也能进入想要进入的人家，这样范围就更广了。”

“没错，这个发现只是再次提醒我们，宋美璇的自白书不一定出自宋美璇之手。”

第十二章　血疑

1

月白捧着 Yi Chen 的画册，正沉浸在一幅不规则的少女像中不能自已，突然发现少女的唇部有一处颜料和别处不大一样。其他地方的唇色是鲜红，可那一块是暗红。月白心里一惊，凑近闻了闻，一股淡淡的血腥味扑鼻而来。

顷刻间，他陷入了迷乱。

画册上怎么会有血？是画家故意为之，还是画册的主人不小心将自己的指血滴到了上面？

这个血迹究竟是属于谁的？是招娣的，还是其他人的？

他又赶紧拨通了孙平的电话："宋美璇裙摆上的耳坠，化验有结果了吗？"

"结果刚出来，正想给你打电话，没想到你先打过来了。大侦探，真是神机妙算啊。"

"是谁的？"

"究竟是谁的还不清楚，只能确定是女人的。"

"女人的？是宋美璇的？"

"不是，DNA 比对不匹配。"

"也就是说，是另一个女人的？"

“没错。”

“那能知道这个女人的大概年龄吗？”

“不能，皮屑只能查出DNA，年龄可以通过测骨龄来确定。”

“那怎么办，如何才能找到这个女人？”

“如果DNA的数据库里没有此人的记录，就很困难。”

“那目前是不是大部分公民的血液样本都收录在DNA数据库里了？”

“没有。目前只有服刑人员DNA数据库。全民DNA的数据库虽然呼声很高，但是操作起来很困难。我国人口基数实在太大，还有许多黑户，比如非婚生孩子，他们中有许多人连户口都没有，在这个世上就是个没有身份的隐形人，DNA数据收录起来就更困难了。从人权方面考虑，国际上也并不提倡全民数据库，毕竟涉及隐私。”孙平娓娓道来。

“服刑人员DNA数据库只收录被判刑人员的DNA？”

“也包括被拘留人员的DNA。”

“这样说来，如果嫌疑人没有被判过刑，没有被拘留过，这个数据库就派不上用场了。只能通过推理寻找嫌疑人来比对化验结果了。”

“是！可是现在除了宋美璇自己以外，并没有出现其他女性嫌疑人。”

“那我们就只能找几个女性嫌疑人了。”

“何归年的情妇之多，据说可以用打来计算。在这些女人当中，属丁俏丽最有名，也最嚣张。何归年有极强的控制欲和占有欲，可是对丁俏丽却俯首帖耳，可见丁俏丽的厉害之处。”

“丁俏丽到底有什么过人之处，可以将何归年玩弄于股掌之间？”月白百思不得其解。

“有两种可能：第一，丁俏丽是何归年的真爱，再霸道的男人在真正爱的女人面前都是脆弱的；第二，丁俏丽手中掌握了何归年的把柄，而且是致命的把柄。”

“我同意你的假设，可是我认为丁俏丽是凶手的可能性并不大。”

“怎么讲?”

“谁都知道，丁俏丽出身贫寒，活得一副风生水起的样子，全都仰仗着何归年的势力，她没有理由亲手将自己的靠山给推倒。她这些年跟着何归年，没少得罪人，何归年这一死，她的这些仇人，能放过她吗?”

“对，从某种意义上讲，丁俏丽应该是这个世界上最不希望何归年死的人。除非……”

“除非什么?”

“除非何归年手里有丁俏丽的把柄。”

“具体点，说说看?”

“如果何归年逼迫丁俏丽做了让她自己深恶痛绝的事，丁俏丽只有让他死掉才能自我拯救。”

“而丁俏丽所有的隐忍都只是为了等待一个合适的下手机会。”

“何归年死的那天晚上，在桥风农家乐发生的一幕，刚好给了丁俏丽灵感。”

“或者说，丁俏丽早就知道李英杰是何归年的孩子，餐馆那一幕，不过是她设计的，为了李英杰与何归年的扭打做铺垫。”月白一边说着，一边用指尖不停地敲打桌子。“而且，以丁俏丽对宋美璇的了解，她算准了，宋美璇一定不会容忍何归年动手伤害李英杰。情急之下，动手杀了何归年也是很有可能。如此这般，丁俏丽就可以借刀杀人，自己却完全脱离干系。”

“不对!”孙平一个转折。

“什么不对，哪里不对?”月白很是好奇。

“如果我们的假设成立，何归年已死，李英杰也已被抓，可以说丁俏丽已经是如愿以偿，她为什么还要对宋美璇下手?这不是多此一举，自取灭亡吗?”

“以丁俏丽对宋美璇的了解，她绝对不允许她儿子的前途就这样被断送，她就是拼了命，也一定会想办法救出她儿子。”

“所以，只要宋美璇还有一口气，丁俏丽就不会安心？”

“所以她杀了何归年之后，又制造了宋美璇因杀了何归年而畏罪自尽的场景。”

“丁俏丽心里最清楚，既然李英杰是何归年的亲生儿子，就算李英杰真的涉嫌杀害何归年，何家也会想方设法保住李英杰。毕竟目前看来，李英杰是何归年唯一公开的儿子。只要宋美璇一死，还自认是凶手，那李英杰最后要么被无罪释放，要么被判得很轻。”

“没错，对于何家人来说，宋美璇是个无关紧要的人，死了也就死了，人们最多唏嘘慨叹，不会深究，正中丁俏丽的下怀。宋美璇成了她完美的替罪羊。”

“若真是这样，宋美璇还真是个悲剧人物。”孙平一声长叹。

“就算不是这样，宋美璇也是个悲剧。从她在花雨桥遇上李辉煌那一刻起，她的悲剧就开始了。”

“那我们就努力淡化她的悲剧色彩，让该悲剧的人悲剧去。”

“必须的！不然，我和你，一个侦探，一个警察，我们的存在也会成为笑柄。”

“还有一个问题：如果丁俏丽是凶手，李英杰又为什么去自首呢？”孙平问道。

“如果我猜得没错，李英杰认为，是他自己或者宋美璇对何归年的某个过激行为间接导致何归年的死亡。他也清楚，作为一个未成年人，他去自首承受的惩罚比他母亲被绳之以法要轻得多。”

“也许是意气用事，也许是深谋远虑。”

“我倒更愿意相信，他纯粹是出于对母亲的爱。一个 16 岁的孩子，根本不懂人世苍凉，他以为，他去自首就可以解决所有的问题。”

“嗯，那我尽快传唤丁俏丽。”

“好！如果有必要的话，拘留她。”

“明白！”

“另外，我在一本画册上，发现了血迹，你找机会拿去验一下，看究竟是谁的血。有结果通知我。注意保密。”

“我懂！”

2

“丁俏丽，你知罪吗？”

“什么罪？”丁俏丽坐在孙平的对面，一脸无辜。她体态丰润，身上穿着红底白花连衣裙，犹如一朵芍药，开在光线暗淡的审讯室里。

“什么罪你心里比我清楚。”

“警察同志，您可真是搞得我一头雾水。莫名其妙把我请进局子，还问了我一个要命的问题，您说，我是答还是不答，如果答，我该怎么回答呢？”

“如实回答。坦白从宽，抗拒从严。”

“嘴长在我自己身上，我想怎么答就怎么答。”丁俏丽抬眼看了一眼孙平，眼中满是蔑视。

“丁俏丽，别怪我没有提醒你。何归年已经死了，你的靠山已经倒了，你嚣张跋扈的气焰，该收一收了，不然把自己烧着了，可不好。”

“我丁俏丽靠谁了？靠山山倒，靠水水淹。”

“哦？没想到你丁俏丽也这么悲观哪？”

“不是悲观，是现实！现实如果足够残酷，你连悲观的机会都没有。”

“那我倒是想听听，你的现实如何残酷了。”

“谁的现实不残酷？我还想听听警察同志的现实故事呢！”

“我们警察面对的残酷现实，就是坏人太难对付。”

“你是说，我是坏人?”

“不知道，应该不是什么好人。”

“那警察同志觉得自己是好人吗?”

“当然是!”

“佩服！不管你是不是好人，你敢自称好人，还回答得如此斩钉截铁，已经是勇气可嘉，让人敬佩了。”

丁俏丽朝孙平竖了个大拇指，眼睛直直地盯着孙平，脸上带着一丝坏笑。

“多谢夸奖，不过，咱们能不能先不感慨人生了。人生不是用来感慨的。”

“人生不是用来感慨的，人生是用来悲哀的。”丁俏丽深吸一口气，收起脸上的坏笑，垂下眼睑，看着审讯室单调的地板。

“悲不悲哀，得看你的态度。丁俏丽，你和何归年是什么关系?”

“没有关系!”

“哦? 可是我们有足够的证据显示，你和何归年是情人关系!”

“既然知道，为什么还要问呢?”

“所谓口供，就是要犯人亲口说出来，我们说了不算!”

“谁说的不重要吧? 重要的是，谁签字画押！再说了，谁说我是犯人?”丁俏丽跷起二郎腿，一脸高傲。

“是不是犯人，可不是我说了算，得看你干了什么。”

“真的是我说了算吗?”

“当然，法律的审判只是外在，真正的审判是你内心的道德审判。一个罪犯就算逃得过法律的制裁，也逃不过内心的谴责。”

“不一定，那得看他为什么犯罪。”

丁俏丽答得滴水不漏，孙平竟无言以对，他只好转换话题，避免自己陷入丁俏丽设计的逻辑旋涡。

“丁俏丽，你认识这个耳坠吗?”孙平从一个密封的小塑料袋里，掏出一个黄金玫瑰花形状的耳坠，举在丁俏丽眼前。

“不认识！这种耳坠满大街都是，为什么非得是我的？”

“我们没说一定是你的啊，只是问你认不认识。”

“不认识！”

“你撒谎，我们对耳坠上的皮屑做了 DNA 鉴定，和你的高度匹配。”

“什么？怎么可能？”丁俏丽突然放下了二郎腿，神色由开始的鄙夷，变成了慌张。

“我们也觉得奇怪，这个耳坠挂在宋美璇的裙摆上。你的耳坠，挂在死者的裙摆上，你不觉得我有足够的理由认为你是罪犯吗？”

“耳坠是我的，可是我真的不知道，它为什么会……”

“那你刚才为什么要撒谎，说不是你的？”孙平拉下脸，态度变得极其严肃。

“我那是条件反射！”

“条件反射？原来撒谎是你的条件反射。”

“在审讯室里撒谎，叫自保应该更合适！”

“心里没鬼，又何必处处想着自保？”

“很多时候，不是你自己选择要犯罪，而是不得不犯罪！”

“法律面前人人平等，犯罪就是犯罪，不管被动主动。”丁俏丽思辨能力极强，总是能反过来将孙平一军。孙平聚精会神，严阵以待，防止被丁俏丽带入沟里。

“你和宋美璇之间走动多吗？”

“不多。”

“我听说你们俩水火不容。是真的吗？”

“不是，都是女人，女人何苦为难女人。”

“既然如此，17 日夜间，你为什么领着一帮人，非要羞辱她，而且还要当着她儿子的面？”

“没有的事！镇上的人恨我丁俏丽，他们什么故事都编得出来。我和宋美璇虽没有什么交情，可也绝不至于对她如此卑鄙。”

“还不够卑鄙？差点扒光了她的衣服！”

“我没有！”丁俏丽又跷起了二郎腿，仿佛在宣誓自己的坚定。

“都说你是平顺古镇最能干的女人，果然名不虚传，话说得天衣无缝，情绪也把握得很到位，就是不知道心里是怎么想的。”

“心里怎么想的也不重要吧，重要的是究竟做了什么。”

“心里怎么想的很重要，把心里想的龌龊的事变成行为，心里想的就成了作案动机。”

“心里想得再多，再坏，没有行动，就算有动机又有什么关系呢？”

“真的没有行动吗？怕只怕，行动了之后，自以为抹得干净，幻想神不知鬼不觉，依然可以横行天下。不过，想不留下任何蛛丝马迹，蒙混过关，是不可能的。就像这个耳坠，还是把你出卖了。”

“耳坠是我的，至于如何跑到她身上，我真的不知道，说不定是她恨我，自己死了还想拉着我垫背，想法子让你们折磨我！而你们，还真上当了，上了一个死人的当！”

“如果那样，最好！就怕，人在做，天在看，不是不报，时候未到。”

孙平一声冷笑，暗中慨叹：丁俏丽果然是个难啃的瓜，她思路清晰，语言犀利，总是能倒打一耙。

一般来说，女人被请进局子，要么惊慌失措，大喊大叫，要么沉默不语，不动声色。前者往往是真的清白，后者为了掩饰内心的惶恐，故作深沉。像丁俏丽这样不停抬杠的，还真是少见。

“我们怀疑，是你杀了宋美璇，故意制造她畏罪自杀的假象，这个耳坠就是你作案的时候不小心落下的，是很好的证据。”

“不可能，你这是血口喷人！证据也可以是无中生有，证据也可以是别人诬陷，下套。希望你们明察秋毫。不然的话，那可真是天大的笑话和悲剧。真的杀人犯还在逍遥法外，你们却一步步走进杀人犯设置的陷阱，对一个无辜的人百般折磨。”

“你放心，我们绝不会冤枉好人！”

“那得看你们如何定义好人！”

“我们不会冤枉无辜者！”

“谁是无辜者？试问世上，谁敢说自己真的无辜？”

“丁俏丽，请你不要混淆视听。我们一定会找出答案，不会让你失望的。”

“事实上，我已经失望了。我和宋美璇的死毫无关系，对于耳坠，我也毫不知情。你却苦苦逼问为什么我的耳坠会在她的裙摆上。这是一个我真的没有办法回答的问题！”

“那何归年的死呢？也和你无关吗？”

“当然无关！”

“据说何归年生前最宠溺的女人就是你，你才会狐假虎威，无法无天！”

“既然你们都知道，为什么还来怀疑我？何老大是我的靠山，是我的港湾，我又怎么会愚蠢到断了自己的后路？就算全世界都希望他死，我也绝对不会！”

“怕就怕，他对你做了非人的行径，你怀恨在心，你表面上的服从不过是权宜之计，逢场作戏罢了。”

“喜欢我的男人很多，可是只有何老大才会那样呵护我。不管在别人的眼中，他是人是鬼，在我的眼中，他是最爱我的男人。”

“对于一个恶棍的爱情，我们确实不大懂，但是，对于一个恶棍带来的伤害，我们却十分清楚，并深恶痛绝。”

“我不喜欢你这么叫他。”

“我也不喜欢叫他恶棍，可他就是！我叫不叫他恶棍，他都是恶棍。他是恶棍不是我叫出来的，而是他做出来的。”

“何老大有他的苦衷。”

“什么苦衷，谁没有苦衷？有苦衷就可以将别人的人生推入万劫不复的深渊？人人都因为自己的苦衷去伤害别人，那这个世界成什么了？屠宰场吗？”

“何老大的苦衷比别人的更深，更痛，更无奈。”

“打什么悲情牌，试问红尘善待谁了？谁不是一边抹着眼泪，一边强颜欢笑?”

“我并非替他打悲情牌，我只是觉得他再坏，也有该被理解的一面，万事皆有因果，只看果，不究因，才会被蒙蔽双眼。”

“那你说说看，我们应该从哪一面着手去理解他?”

“何老大一直以为自己出生在平顺古镇，和这里的孩子没有什么区别，直到十岁那年，有个陌生人来找他，告诉他，他现在的父母并不是他的亲生父母，不过是他的养父母。他真正的父亲在遥远的空城，他的母亲在他出生的时候就去世了。他的父亲不是一个普通人。那个人说：你知道你为什么叫何归年吗？就是你爸爸希望你早一天回到他的身边。那个人还告诉他，一定要努力壮大自己的力量，因为这个世界上，有人不愿意看到他活着。一个十岁的孩子听到这样的消息，怎能不恐慌，怎能不颤抖？于是从那个时候开始，他就天天琢磨着怎么壮大自己的力量，好让自己不被伤害。

“他开始用各种方式，让自己看起来强大而凶恶，内心深处却极其脆弱而恐惧。久而久之，他成了问题少年，不管在学校里，还是街道上，其他孩子看到他都躲得远远的，他如愿以偿成了小霸王。

“再长大一点，他发现小霸王的身份可以给他许多好处，比如会有小弟主动来俯首称臣，有女孩子倒贴上来，甚至有人给他上供各种零食和零花钱。他开始享受小霸王这个头衔带来的好处。”丁俏丽娓娓道来，看似情真意切，“可是带来好处的同时，也带来了坏处。镇上一些混混，开始盯上他，不断地来侵扰，于是他陷入了和他们胶着的对抗，也正是在这些对抗的过程中，他的势力越来越大，手下的小弟越来越多。他的和顺帮也渐渐成了平顺第一大帮派。”

“这些事情，都是何归年对你说的?”

“是的，他喜欢和我彻夜长谈，说他小时候的故事。说到动情之处，常常泪如雨下。”丁俏丽的眼睛里闪烁着泪光，一副真挚动情的样子。不过在孙平看来，那不过是鳄鱼的眼泪。

“听起来，很叫人同情！”

“只怕你也不是真的同情，不过是逢场作戏！”

“丁俏丽，说了这么多，你还是没有解释，为什么宋美璇的裙摆上有你的耳坠。”

“不是我做的事情，我怎么解释得了？”

…………

对丁俏丽的首次审讯，没有得到理想的结果。孙平只好暂停审讯，拘留了丁俏丽。

当他把丁俏丽的第一次口供给月白看的时候，月白很是惊讶。

对于何归年的身世，月白早有耳闻。张处找他来办案的时候，已经跟他描述了一遍。不过，张处说的都是事件本身，朴实无华，不带任何感情色彩。可在丁俏丽的口供中，何归年的身世故事却大不一样了。丁俏丽赋予它人文色彩、传奇色彩，甚至是文学色彩，让人读来甚至有一种同情和理解。

月白不禁感叹，宋美璇不是个普通的女人，丁俏丽又何尝是呢？只是她们俩的不普通有着不一样的表象。一个是刚正不阿、誓死不屈，一个是八面玲珑、密不透风。

月白困惑，十恶不赦的何归年为何可以吸引这两位如此极致的女子？他不由得对何归年产生了浓厚的兴趣。他决定多方打听，全面地了解何归年。

同时，他也想从更多侧面，寻找案件的线索。

山重水复疑无路，柳暗花明又一村。查案又何尝不是如此？

丁俏丽拒不入戏，死不认账，他和孙平也只能绕路而行。

第十三章　端倪

1

来平顺古镇已有十天之久了，这十天，对月白来说，说长不长，说短不短。与乔胭的重逢，让他觉得终于完成了一项惦记了十多年的重大任务，是个极大的成就。可是对于查案而言，他却觉得这十天实在太短。到目前为止，他还没有得出任何让自己信服的结论。他连自己都说服不了，又如何去说服张处？张处又如何说服上面？

对于张处来说，只要有一个结论，让他对上面有个交代，让上面的人信服，就算完成任务了。可是对于月白来说，查案的目的可不仅仅是为了给上面一个交代。他要给死的人一个交代，给活着的人一线希望，也要还法律一点尊严。

只要开始查案，他就一改平日玩世不恭的样子，变得夜以继日，废寝忘食，脑子里除了案件和案件相关的种种，再无其他。

当他再次想起乔胭的时候，她已经从他的视线里消失整整两天两夜了，就连天青，也只是在早餐的时候和他打个照面。

于是他想，该去看看乔胭，叫上天青一起吃个饭，聊聊天了。

他拨通了天青的电话："喂，你小子干吗呢？中午一起吃饭吧！"

“你个孙子，等你这顿饭，等得花儿都谢了。还记得我呢？还以为你入山修行了呢！入山又恐别倾城吧？”

“以我江大才子的天资，必然是不负如来不负卿呢。”

“吹吧你就！吹不死你！我们在花雨桥呢！你过来吧。”

“行，我过去找你们。”

月白朝花雨桥走去，远远地看见天青和乔胭站在桥上。他们俩一人守着一个桥窗，中间隔着好长一段距离。

月白心想，这两人可真有意思，离那么大老远站着，好像生怕别人知道他俩认识似的。

一个是他最心爱的女人，一个是他最信赖的兄弟，两个人同时站在复古的廊桥上等待着他的到来，他的内心升腾起一种强烈的幸福感。

一种极致的美好让他顿时有了回归童年的向往。

此刻，他眼中的花雨桥格外好看。桥畔，桂花树飘着浓香，芙蓉花温柔绽放，金樱子长出了玲珑可爱的果实。桥底下溪水潺潺，波光荡漾，水里的红鲤鱼，无事悠闲，仿佛早就忘了溪水曾经有过的殇。

乔胭和天青，他眼中两个最美丽的影像，被刻在岁月流光里，美好安然。看到他们，月白感觉自己所有的烦恼都可以被淡忘。他告诉自己：如果需要，为了他们，我可以逆流而上，变得无比勇敢。

他跑在通往花雨桥的水泥路面上，心却早已飞到了桥上。

很快，他就到了桥上。

他先走到乔胭的身旁，咧着嘴笑着：“乔胭，我亲爱的乔胭，每次与你的重逢都如初见。”

“别逗了!”乔胭也看着他，微笑着，眼睛眯成了一条弯弯的线。

“你笑起来真好看！眼睛像星空里弯弯的月亮。”

“不像，像河面上弯弯的小船。”天青走了过来，打趣道。

“你别捣乱，夸人我是专业的。”

“你损人也是专业的。”

“那是必须的，两个技能都是一个流水线上的，相辅相成。中午吃什么？这两天，把我给无聊死了，今天我包吃包住包幸福。”

“幸福个鬼，你这一天到晚玩失踪，把我们撇在一边，忘恩负义。”

“我见朋友去了，带着你们俩，不合适。”

“什么朋友这么金贵？连我们俩都不让见。”

“不是他金贵，是你们俩金贵，是我不舍得把你们俩分享出去，你个二货！好心当成驴肝肺。”

“稻草都能说成金条，我服！对了，你还记得上次我说的灵堂的事情吗？”

“记得啊！怎么了，活人的事儿你不关心，倒是天天惦记死人。”

“我不是好奇嘛！说是找到杀人凶手了，我看灵堂都撤了。”

“找到杀人凶手了？凶手是谁？”月白瞪着大眼，满脸狐疑。

“是，凶手是灵堂那家的女人。不过那女人自己也死了。”

“不会吧，这么邪乎，难道是畏罪自杀？”

“我还听说，死者就是在这桥底下被发现的，看这桥下的溪水清澈见底，鱼儿自由自在，里面突然漂个尸体，可真是把这里的清静都给搅和了。”

“搅和不了，这里的溪水是活水，不干不净的东西都顺流而下了。你刚看到的那一刻的水，转瞬之间又不是那一刻的水了，分分秒秒都在更新。万物皆在流动。色即是空，空即是色。”

“色即是空，空即是色。静止只是相对，运动才是永恒。”

“所以要珍惜拥有，活在当下。”

“是的，你以为会永远拥有的，可能瞬间就失去了。你认定的会爱一辈子的，可能下一秒就变成恨了。”

“摄影师今天怎么这么伤感？是不是吃错药了？”

“我哪里伤感了？还不是被你这个酸腐的人带沟里去了！”

“我酸是真的，离腐还远着呢！”

“都酸了，腐也是早晚的事儿，要用发展的眼光看问题！”

“口才可以啊，有进步！”

“士别三日，当刮目相看。”

2

从桥上下来，他们打车到了杜哥艺术餐厅，在服务员指定的位置坐了下来。

“这个餐厅好雅致，古色古香，诗意绵绵，就算是空城四合院里，也很难找到这么考究的。”天青一声赞叹。

“真没想到，日薄虞渊、枯茎朽骨之地，还有此翠竹朱檐，月影花香。雕梁画栋，碧瓦红墙，金盏银壶，茶香袅袅，佳人娇娇。”月白妙语连珠。

“你小子，得着机会，就卖弄风骚，不骚能闷死你啊？”天青笑道。

“骚骚更健康！”

“这地儿选得不错，我允许你骚。”

“必须允许。这个餐厅要提前一个月才能订上位置。”

“那你是怎么订到的？”

“我昨天打电话过来，软磨硬泡，和服务员磨了半个小时，都没用。最后服务员看我就是不挂电话，只好把电话递给老板娘。”

“行行行，别往下说，我懂了！为了让我们吃上这顿高大上的西餐，你指定做出了伟大牺牲。可是你知道吗？为了你的贞操，我们可以不吃的。”

“你个孙子，又满脑子淫欲之思，老板娘是个男的！”

“啥？”

“老板是个女的，她老公不就是老板娘吗？”

“行行，说关键。”

“金石为开，老板娘就说了一个字：‘来。’”

“我也一个字：‘啊？’”

“老板娘说：‘给你支一桌新的！在角落里不介意吧？’”

“我说：‘只要有得吃，别说是角落里的，就算蹲着吃，我也不介意。’”

“老板娘说：‘蹲着吃？免单！’”

“瞧人家，多局气！据说这家餐厅的座右铭就是包吃包住包幸福。我已经感到幸福扑面而来了，你是否也和我一样感觉到了让人窒息的幸福？”

月白正津津有味地复述着，天青一个巴掌拍在他肩上：“去你的，蹲着吃，那是要饭，当然免单！”

“哈哈哈哈，你这孙子，就是心眼多！”月白哈哈大笑，一副自得其乐的样子。

“清风拨弄翠竹，丝绒垂挂画檐，佳人倚靠窗前，君心已恋千年。”木华双眼流连于餐厅四周，出口成诗。

“明月悬于天边，白鸟立于林间，佳人若是有意，君心永世不变。”月白盯着木华，也脱口而出。

“百合藏于叶间，玫瑰盛开人前，君心若是不变，琴瑟怎成妄念？沧海明珠昨日泪，蓝田日暖不生烟。”

“风雨难免飘摇，红尘总是煎熬，此情可成追忆，莫要当时草草。”

“爱意曾经满目，相拥不惹泣诉，伤痕遍野琳琅，劝君莫问前路。”

“前路纵使茫茫，霜雪纷至苍凉，鸳鸯若愿比翼，余生不必仓皇。”

“光阴悠悠荏苒，世事遽然无常，不求谁来艳羡，只盼余生安然。”

月白和木华，一句接一句，像是对诗对上了瘾，又像是在斗智斗勇，无法停歇。

“文人骚客！我算是见识到了，有完没完，还吃不吃饭了？诗词能当饭吃吗?”

天青一打岔，月白对着木华的目光终于移开，移到了窗外的竹林里。

此时无风，竹叶安然不动，仿佛看懂了三个人的沉重。

木华看着天青，天青看着月白，月白看着窗外。

“先生您好，您的爱尔兰咖啡下午茶来了。”

伴随着服务员轻柔的声音，甜点拼盘腾云驾雾而来，不同形状、口味的甜点，排成美丽的星轨造型，散发着诱人的甜香。

月白将小勺伸向其中一个唇形的蛋糕，木华也不约而同地将勺子伸向唇形蛋糕。

月白一个抢先，将唇形蛋糕剥下，放入木华的碟子中，转而又将一个深蓝色椭圆形蛋糕送入天青的碟子里。

木华低下头看着蛋糕，久久未动，天青却将蛋糕整个放入口中，一边细细咀嚼，一边啧啧称奇：“好吃，好吃！”

“这个也给你吃。”木华将自己的碟子，整个递给了天青，天青咧着嘴，接过碟子，不知如何是好。

“你为什么不吃？这是我给你的，是我抢过来给你的。”月白显然有些生气了，又伸手将木华的碟子端到木华跟前。

“你给的，我就非得吃?”

“你可以不吃，我不勉强，但是，你可以给我吃，为什么要给别人?”

“他是别人吗?”

“反正你这种行为就是唯恐天下不乱，你挑拨离间。”

“你才挑拨离间呢！你知道吗，刚才如果是我先抢到唇形蛋糕，我也会给天青的，所以说，这块蛋糕本来就属于他。”

“喂喂，我一块儿就够，你们吃。再说了，这个唇形蛋糕，太漂亮，我实在下不了嘴，你们吃，你们吃哈，谢二位爷啦！我给你俩作揖，给你俩磕头行不行？”

月白和木华都拉下脸，僵持着，只剩天青一脸尴尬，不知如何左右逢源。

“女士，先生，您的爱尔兰咖啡来了，我们将这款咖啡称为情人的眼泪。是美酒加咖啡产生的绝佳味觉体验的最好诠释。”

服务员将一套咖啡杯具端上来，放在天青跟前。

“两位，美酒加咖啡，一杯再一杯。”天青伸手在月白眼前晃了晃，月白才缓过神。

“在制作咖啡的过程中，‘烧杯’是重中之重，极其考验咖啡师的技术与耐心！火焰在杯子里要一直处在燃烧的状态，让方糖融化，产生出浓郁的焦糖香，让酒精挥发，却保留酒香与口感。咖啡的微苦伴随威士忌的顺滑，由奶香到咖啡香，再夹杂着些许威士忌的浓郁醇厚，冬日里喝上一口，能够驱除一身的寒意……”

服务员一边来回摆弄，制作着咖啡，一边滔滔不绝，介绍爱尔兰咖啡形成的原理。

制作完毕后，她示意他们品尝一下。

月白端起圆球形玻璃杯，抿了一口：

“温暖的午后，
你背对着我，
在时光密林中，
慢慢地走。
我伸出手，
想要抓住你衣角的温柔，
却只留下，
满手的离愁……
那离愁
仿佛一曲箜篌，
戏谑红尘，

迷离了我本清澈的双眸，

我只好将自己紧紧地搂在怀中，

瑟瑟发抖。”

“若人间，

再无思念了却，

你我，

是否不再胆怯？

唯有初见，

让人念，

美得像一首只有开端，

没有结局的诗篇。”

木华也抿了一口咖啡。

“只一口，我就爱上你彻骨的温柔，你是我的秋波春雨，是我善睐的明眸。不愧是情人的眼泪啊，喝了它，诗意大发，都得受累。”天青对着咖啡慨叹，眼睛却看向月白，只见他依然拉着脸，像个被抢了玩具的孩子，闷闷不乐。

直到餐厅的大堂里飘来尺八的声音，月白才从思绪中回过神来，朝大堂走去，看见一个窈窕女子，坐在台上，吹着尺八。

尺八的曲调哀婉幽怨，如泣如诉，月白被深深吸引，情不自禁地走向女子。

当他和女子只有一丈之远的时候，他看见女子墨绿色的丝绒袖口处，露出一截疤痕。疤痕表层与乔胭以及桥风农家乐服务员手臂上的一模一样。

月白心里又是一惊，急切地想要知道，女子身上的疤痕究竟是什么形状的。

好不容易等到女子演奏完闭，月白跟随女子到了休息室。趁女子不注意，月白一把抓住了她的手，将她的袖子撸起，终于看到了疤痕的形状。

这回，是个清清楚楚的“6”。

还没等女子反应过来，月白就松开了她的手，然后急急忙忙走出休息室，走到了餐厅的后院。

正在这时，孙平来电话了。

3

“月白，告诉你一个好消息。”

“什么好消息？我这正头大心烦呢！”

“你让我测的画册上的血滴，你猜是谁的？”

“谁？”

“何归年的。”隔着电话，月白能听出孙平的语气里带着窃喜。

“何归年的？做过DNA比对了？”

“做过了，绝对错不了。”

“那也就是说，何归年被袭击的时候，画册在犯罪现场。”

“没错，很可能是案发时，血滴到了画册上。你从哪里拿到的画册？”

“在花雨桥二楼的佛堂中找到的。”

“哦？画册怎么会出现在那里？”

“应该是傻女招娣捡来的，阁楼里面堆的全都是她捡来的垃圾。”

“能问出是从哪里捡来的吗？”

“问过，像是说在桥上捡的。”

“难道说，花雨桥是何归年被袭击的另一个案发现场？”

“很难说。也可能是案发后，凶手将画册丢弃在花雨桥的。”

“如果丢弃，又怎么可能丢弃在桥上，那么显眼的地方？”

“是很可疑。可惜招娣是个傻女，我们很难问出她到底在哪里捡的画册，就算她说得明明白白，也不一定可信。”

“是！如果凶手知道画册上留下了作案的痕迹，一定会将画册烧毁，或者扔到无人能看见的地方，绝对不会允许画册出现在花雨桥上。除非有人故意将画册送到桥上。”

“那这个人这么做的动机究竟是什么？为了给警察提供线索，将凶手供出？”

“如果是这样，只要查到这个人是谁，就能顺藤摸瓜找到凶手了。”

“恐怕没有那么简单。如果这个人真的知情，而且想将凶手供出，他为什么不直接去警察局报案，提供线索？”

“没错，你怎么看？”

“有两种可能：第一，他可能是个共犯，是被动的共犯，在强压之下，不得已而配合凶手。后又良心发现，陷入了思想矛盾，既想要供出凶手，又想自保，所以用这种方式。第二，他不是共犯，却也知情，但不敢暴露自己的身份，因为害怕被报复。”

“被谁报复？”

“被凶手的家人，或者凶手的部下，如果凶手在当地有黑暗势力的话。”

“那这么说来，这个人不会轻易出现，也不会轻易让我们找到的。”

“当务之急，先查查看，是谁买了这本画册。”

“我了解了一下，这本画册是英文原版，在美国出版，国内市场的实体店几乎找不到，目前只有一些网店在售。”

“这样最好，实体店卖出去的东西没有记录，网店卖出去的，可以通过购买者的ID查到。”

“可如果平顺古镇有多人买此画册，想要确定这本画册的主人，就要费不少工夫了。”

“据我了解，目前国内并没有该画册的一手卖家，国内网站都是二手卖家。每一本二手画册的封底上都贴着海外各个一手卖家的名字，而每个订单记录里也能查到一手卖家的信息。这样一来，范围就可以缩小很多。”

“这个信息太重要了，我会尽快对三大网站后台的交易记录进行详细调查，看看平顺古镇，究竟都有谁买了这本画册。”

“不一定是平顺古镇的，也有可能是别处的人买了画册带到这里的。不过还好，调查的工作量不会太大的。国内买国际艺术画册的人还不多见。价格昂贵，一本画册好几百块，又加上是从海外发货，买的人一定不多。让一个非艺术圈的人花好几百大洋买一本画册，还要等个好几周才能收到货，是一种奢侈。”

“没错，你觉得丁俏丽是凶手的可能性大不大?”

“目前还很难说。不瞒你说，现在我的脑子一团糨糊，好像突然跑出来许多新的信息，好像与案件有关，又不知道关联点究竟在哪里。”

“往往在这个时候，如果能找到突破点，离真相就不远了。宋美璇裙摆上的耳坠已经确认是丁俏丽的，画册上的血迹也已经确认属于何归年，假如能够确认画册是丁俏丽的，那丁俏丽是凶手的可能性就很大了。我感觉马上要看到曙光了。”孙平松了长长一口气。

“你去弄个搜查证，我们要去一趟丁俏丽的住所，再细细查看一番。看有没有我们需要的，或者我们遗漏的。另外，李英杰的口供有什么新的发现吗?”

“没有，口供和之前的完全一致。他一再强调，之所以动手袭击，是因为发生争执时，何归年对宋美璇有肉体侵害的倾向。他保护母亲心切，情急之下，没有控制好力度，才致何归年受伤。李英杰在得知宋美璇已经去世之后，依然坚持他的口供。我觉得，他说谎的概率不大。”

“为什么?”

“反正他母亲已经畏罪自杀了，他只要一改口供，承认宋美璇自白书里所说的是事实，他就可以被无罪释放了。犯不着还坚持说是自己袭击了何归年。”

“就算一切都如宋美璇自白书里所说，他是无罪的，他也不会轻易改口供的。他改口供就等于承认他母亲是个杀人凶手，这和他为了救母去自首的初衷互相矛盾。而且，李英杰了解他母亲，也最了解那天晚上到底发生了什么，如果案情与宋美璇自白书里的不符合，他就会知道，宋美璇一定是被人所害。”

“这个时候，他坚持口供不变，才能促使我们更加努力地寻找真凶。”

“没错，所以说，这一对母子，真是让人又爱又恨。”

“我不希望李英杰是凶手。”孙平说得十分严肃。

“没有人活该是凶手，就像没有人活该是死者一样。”月白也答得十分严肃，“哦，对了，我有一个重大发现，你去调查一下。”

“什么重大发现?”

“我已经发现有三个女人的身上被烙上了数字，看样子，是 1、6 和 X，你调查一下，看看还有没有其他女人身上有这样的数字疤痕。如果有，把她们带过来见我。”

“明白，我这就去查。”

4

从杜哥餐厅回到宾馆，月白泡上清茶一壶，将自带的蓝牙音响打开。音响里缓缓飘出的日风尺八，伴着凤凰单丛独特的醇香，带来穿透灵魂的静谧，将他的思绪带进了一个与现实抽离的空间。在那个空间里，只有案情，只有分析，只有逻辑，假如有感情，那也不过是为了逻辑推理作嫁衣。

与案件相关的人员，死者也好，犯罪嫌疑人也罢，都像一件件风格迥异的艺术品，在他的脑海中，反复出现。他们一会儿纠缠在一起，生出交集，一会儿又完全分散开来，各为一体。在他眼中，这些艺术品都是平等的，无所谓优劣，也无所谓贵贱，不同的只是，他们在同一个时空里扮演了不同的角色而已。而他自己，又何尝不只是一个角色？不同的是，他可以作为一个旁观者，看着他们的爱恨，对他们进行没有多大感情投入的分析，给他们以道德审判，下世俗的定义。

他觉得，他才是那个最勉强的角色，没有融入任何一个当事人的情感，却非要以一个圣人、哲人的角色对他们加以评判。对他们来说，这是何等不公，何等荒谬。

一旦案情陷入胶着的时候，他就自问，当年如果好好守着艺术这条随心随性的道路，没有改行做私家侦探，哪怕一条路走到黑，也不会像现在这样常常陷入自我否定，常常对自己鄙夷嘲弄。

可是那场洪水，就像一阵狂风吹走了他对艺术所有的向往。艺术成了他灵魂里的殇。

在那个当下，做侦探，与其说是渴望、理想，不如说是逃避，是救赎，是那个当下没有选择的选择。

而此刻，在这个当下，他的面前还摆着多种困惑：

第一，何归年后脑勺上的另一个击打伤究竟出自谁手？

他多么希望何归年是自杀坠亡啊。一个恶棍，突然死去，尸体安静地躺在河床之上，完全没有了活着时的面目狰狞，将是多么美好的结局啊！古镇的人们守得云开见月明，整天提心吊胆的日子终于结束了，压抑暗淡的内心突然神清气爽了。可偏偏何归年的后脑勺上有两处击打伤，这表示他死前被人用钝器伤害过，让他远在空城的神秘又能耐的亲生父亲，下定决心，彻查到底，于是，就有了张处掉乌纱帽的担心，也就有了他来平顺查案的情节。

月白对自己“空城神探”的外号，非常不能苟同。人们叫他“神探”的时候，他的内心不是自豪，而是刺痛，仿佛他破案不需要费吹灰之力，只要动动手指就可以真相大白……他更喜欢另一个外号“空城卷福”。

和卷福一样，在查案的过程中，他常常心焦如焚，时刻等着摩拳擦掌，却常常无从下手。

第二，宋美璇究竟是怎么死的？

如果真的如她的自白书里所说，她是畏罪自杀，也就省事了。可万一，万一执笔的不是她，而是丁俏丽，或者另有其人，那她或者他们又是如何让她喝下毒药的？

再深一步想，如果宋美璇不是凶手推脱罪责的棋子，那又是谁想让她死？她的死究竟对谁产生了价值？

第三，从各种证据来看，丁俏丽是凶手的可能性很大，可是她的作案动机又是什么？

何归年对丁俏丽照顾有加，可以说对她是有求必应，月白很难为丁俏丽杀害何归年找一个合理的解释。

月白盼着孙平一方面尽快办好搜查证，可以和他一起去丁俏丽的住所，看看有没有新的发现，另一方面，他也希望孙平快点找到画册的主人……

第十四章　进展

1

“张处，您好！”

月白最怕接到张处的电话，可张处的电话总是不请自来。张处的声音就像平顺古镇的拦路虎，让人避之不及。

“江大侦探哪，调查得怎样了，有没有进展呢？”

“进展必须有啊！不然，咱们怎么对得起张大处长的信任啊？”

“对不对得起我倒不是最要紧的，最要紧的是要对得起你‘空城神探’的称号啊！”

“张处，这个头衔对我来说是浮云。我一不靠脸吃饭，二不靠头衔吃饭。”

“那江大神探究竟靠什么吃饭呢，莫非靠空气吃饭？”

“靠良知。”

“知道你爱自夸，你自恋，我就不数落你了。之前跟你合作这么多次，每一次的结果都让我十分满意，江大侦探一度让我佩服得五体投地，也曾让我陷入了自我否定和深度迷茫。我甚至想过，我应该把我这个处长的位置让出来，让你来当。”

“张处，那我可不敢，也不想。我江月白向来随遇而安，无欲则刚，张处若想让我好好查案，最好不要让我变得贪婪。”

“哈哈哈，你小子，风花雪月经历多了，连说话都文绉绉的，还押上韵了。别怪你哥没提醒你，对于男人来说遇见真爱是最可喜的，重逢真爱却是最可怕的。在错的时间遇到对的人，究竟是对还是错呢?”

“若惺惺相惜，又何来对错?”

月白清楚，张处一改往日严肃官僚的口吻，故作轻松，是在向他传递一个重要信息，那就是，他知道乔胭的存在，也知道乔胭在他心目中的分量。他不希望月白因为男女之情，忘了自己的身份和任务。

对于张处的话里有话、含沙射影，月白有一种难以掩饰的抵触，他最接受不了别人窥探他的隐私，尤其是感情方面的隐私。

于是，他也一改平日里毕恭毕敬的口吻，说：“张处，该怎么查案我自有分寸，事情之轻重缓急，我也向来分得清楚，希望你们不要窥探我的隐私，更不要打扰我的朋友。我拉下脸的样子有多难看，相信张处是有印象的。既然贵局在窥探隐私方面是强项，那让我来破什么案子，你们花钱请我，不是自讨没趣吗?”

“啊呀，江大神探，江大老板，我们哪敢窥探您的隐私。我也只是听说，你在平顺遇到了十多年前的真爱，我这是替你感到高兴。就凭这事，你回到空城，就该请你哥吃饭。好了，没时间闲聊了，再闲聊，我头上的乌纱帽都成紧箍咒了。咱俩现在是一条绳上的蚂蚱，一定要互相成全啊!”

“同意！再见张处。还是那句话，尊重永远都是相互的。”

月白挂了电话，内心许久不能平静。自从他决定成为侦探的那一天开始，他就担心他的特殊职业会给周遭的亲朋带来麻烦。

他可以一个人默默承受各种心理折磨，却不忍看见自己的至亲至爱因为他受到任何牵连。

一想到乔胭因为他可能会受到张处的监视，他就怒火中烧。

“月白!”

正在这时，乔胭出现了。

2

乔胭穿着一件淡黄色的无袖短裙，淡雅如一朵迎春花。

她那从肩膀徐徐垂下的长辫子，如弦月般的眉弯，淡粉的脸颊，俏皮的鹰钩鼻尖，清晰的人中，性感的唇线，玲珑的下巴，让月白莫名陷入了更深的恐慌。

此刻的她太过美丽，惹得他恨不得将她捧在手中，绝不让世俗险恶靠近她半步。如果张处胆敢叨扰乔胭，他一定让他吃不了兜着走。

“最近没有人跟踪你吧？”

“没有啊，为什么跟踪我？”

“没什么，我只是猜测。”

“你有臆想症吧？疑神疑鬼的。”

“我是珍惜你，害怕有人干扰你平静的生活。如果有人让你觉得可疑，你一定要跟我说，我会保护你的。”

“我不用你保护！”

“你不会对我没有信心吧？”

“有没有信心有什么要紧，要紧的是事实。在我需要你的时候，你是否会在我身边，是否会第一时间出现？”

“我……我会的。”月白吞吞吐吐，刚要信誓旦旦，突然被一种无形的力量堵在咽喉。“12 年前，那个台风天，我来了，我站在石阶上，正要跑到桥上找你的时候，桥塌了。”

“幸好你没有上桥，不然，你也凶多吉少了。”

“是，可是就算我和桥一起被洪水冲走，也比承受这 12 年的煎熬来得好。人这一生，最怕亏欠。”

“你没有亏欠我什么，我在一个错误的时间出现，不该奢求对的结局。”

“你什么时候出现都没有错，12 年前是对的，12 年后的今天也是对的。错的是我，我臆断了，以为你已经……”

“就算洪水之后，你回来找我，也于事无补的，因为我不记得你了，你会更痛苦。”

“洪水过后第三年，我打电话给平顺的公安局，他们没有查到你的户口，我当时断定，你已经真的不在了，已经被除名了。”

“是的，我醒来以后，莫名其妙变成了李木华。”

“你真的得了失忆症？你真的不记得我了。”

“幸好我得了失忆症，幸好我不记得你了，不然这 12 年，我该如何面对，该如何一个人走过？”

“那你现在已经记起我了？”

“我忘掉的是过去，是洪水之前的一切，后来发生的点点滴滴，我都记得清清楚楚。我并没有想起 12 年前的你，我记住的是眼前的你，是 10 多天前在花雨桥见到的你。”

“可我还是希望，你能想起我们的初见，那时候的月白和乔胭深爱着对方，爱得不顾一切，没有彷徨。”

“如若真的没有彷徨，你又怎会突然消失不见？”

“我……是我对不起你！”

“你从来不曾对不起我，你和我也并非彼此的归属，你对我不该有什么承诺和义务。虽然我已经记不起了，可是我知道，如果当时我在桥上等你。也一定是我心甘情愿的，你来还是不来，我都会等你。等你的时候，也许煎熬，可也一定饱含期盼的幸福。既然每一个付出，都有得到和回报，又何来亏欠？”

“是的，那三天，我虽然没有去花雨桥看你，可我的心却几近癫狂，纠结、自责、渴望、恐惧，百感交集……”

“如此说来，没有来的比来的还要惆怅和痛苦，那为何又说没有来的亏欠了来的呢？不一定等待的那位才可怜悲惨，被等待的又何尝好过呢？”

“这样想来，我倒真的释然了许多。”

“人即使逃得过一切，也逃不过因果，种什么因得什么果，自己种的因，哪有要别人去为你承受结果的道理?”

“可也不是每一种因都是自己种的，很多时候，也是不得已而为之，没有选择。”

“人怎么会没有选择？选择死亡也是一种选择。”

…………

乔胭语重心长，月白却越听越觉得哀伤。乔胭的睿智、乔胭的成熟，明明透着一种无奈，一种向生活俯首称臣的膜拜，可又是那么迷人而真诚。她似乎在告诉月白，不管生活虐你多少遍，你都应该待生活如初恋。因为即便生活虐你，那也是一种爱，一种深刻的爱。

月白自以为是的深刻在乔胭的面前常常变得暗淡无光。乔胭的深邃，仿佛是上帝赋予的独一无二的光芒，也正是这样的光芒，让月白误以为，在这个世界上，只有乔胭能将自己照亮。

3

听到电话铃声，乔胭知趣地走开。

月白接通电话，另一头的孙平激动地说：“她是凶手，错不了了!”

“谁是凶手？孙平，你把话说清楚了!”

“丁俏丽！经过调查，平顺古镇只有一人买过那本画册，就是丁俏丽，收件人是她自己，网站的 ID 显示的地址正是丁俏丽的住所。”

“证据确凿，作案动机也有，看来这个丁俏丽是插翅难飞了。”

“可是，丁俏丽为什么要买这样的画册？她又不学艺术。以她的性格为人，也不具备艺术情怀！”

“万事无绝对，或许她和何归年一样，也有不为人知的一面。再说了，她不学艺术，不代表她女儿不学。咱们先去她家搜搜，再下结论。拿到搜查令了吗？”

“拿到了，我现在就去丁俏丽家，你也过去，我们在她家门口会合。”

“太好了。丁俏丽家中还住着她的女儿和她的母亲，我们进去搜查一定不能伤害她们。”

“我知道，可我担心她们会阻止我们搜查，引起不必要的冲突。”

“我相信，只要我们打心底里尊重她们，她们还是会配合的。”

“很多时候家属不配合，并不是因为搜查的人不尊重她们，而是因为她们害怕警察真的搜到作案的证据，她们会觉得内疚。”

“嫌疑人家属讲感情，难道死者家属就不懂感情吗？那死者家属又跟谁对抗去呢？”

“死者家属对抗警察的也不少，尤其是涉及尸检的问题，是个头疼的大问题。”

“我明白，警察的工作不好做。”

“试问谁的工作好做呢，你私人侦探的工作就好做了？”

…………

半个小时后，月白和孙平来到了丁俏丽家。

4

果不其然，丁俏丽的女儿搀着丁俏丽的母亲堵在门口不让他们进门。

“你们不能进去！”

老母亲声色俱厉，头上的白发仿佛要竖起来了。

“我们有搜查令。”孙平亮出搜查令。

“有搜查令了不起啊，你们到底把我女儿怎么了？我已经好长时间没有见她了。我什么时候才能见我的女儿啊？”

“我们也是奉命行事……”

“谁让你们来的？谁的命令都没用，这是我家，我家！”

见孙平的单刀直入在丁俏丽的母亲面前碰了壁，月白知道这个时候要以柔克刚了。

“大妈，您好，您的心情我完全理解。丁俏丽目前只是犯罪嫌疑人，我们来您家搜查，您以为是为了坐实她的罪名，可事实也许恰恰相反，我们在您家搜到的证据，也有可能可以证明她无罪。当务之急，就是从您家着手，搜取更多对她有利的证据，看着你们祖孙俩太不容易，我们也希望丁俏丽能尽早回来陪你们。”

“警察同志，她不是坏人，她就是泼辣了点儿。”丁俏丽的母亲紧握着月白的手，她的指甲抠进了月白的手背，月白觉得疼，却不敢吱声，只好忍着。

“放心，大妈，我们绝不冤枉好人。”

“你们进去吧！”

祖孙俩让开道，互相搀扶着往楼上走去。

孙平和月白，从底层一层一层地往上搜，搜到顶层的时候，在一个杂物间的暗角处找到了一个黑色的袋子和一本发黄的相册。

打开袋子那一瞬间，他们都惊呆了。

“丁俏丽，就是丁俏丽了。”孙平差点叫出声来。

“嘘，小点声，不要让她们听见。”月白急忙提醒孙平。

“早晚要知道的。”

“不到万不得已，不要让她们受惊伤心了。”

“能瞒几天？判决书一下来，还不是真相大白，还不是要忍痛面对？”

“让判决书告诉她们结果比从我们这里知道要强。”

第十五章　试探

1

杜哥咖啡厅里，孙平和月白，面对面，坐在角落的座位上。

“怎么约这么个地方？”孙平小声问道。

“这里多好啊！符合我月白式浪漫。”

“浪漫是没错，可是在这种地方讨论案情，不怕隔墙有耳啊？”

“你以为在审讯室里，就不会隔墙有耳？”

“也是。”

“大隐隐于市！怎么样？相册上的女人都找到了？”

“大部分都找到了，你看，”孙平打开相册，摆在月白跟前，“1 到 10 号，找到了 9 位，唯独缺了 4 号。”

“我看看，桥风农家乐的女服务员是 1 号，乔胭的是个 X，应该是 10 号。”

“乔胭的为什么不是个阿拉伯数字？”

“可能是因为‘10’这个数字烙起来太复杂。”

“真是丧心病狂，怎么下得了手？痛不欲生啊！”

“应该是被打了麻药，或者下了迷药之后烙上去的，不然受害人抗争起来，疤痕不可能这么齐整。”

“这样总好过意识清醒的时候，被生生烙伤。”

“相册里，没有4号的照片?”

“3号和5号照片之间留有一处空白，看样子，4号的照片应该是后来被撕掉了。如果不出我所料，4号凶多吉少。”

“是的，可是现在，我们如何找到4号呢?”

“何归年已死，丁俏丽又守口如瓶，找到4号不容易啊!”月白盯着相册上的留白，陷入沉思，几秒钟后，他猛然抬头，瞪大双眼，好像顿悟到了什么：“不对!”

“什么不对!”

“对!”

“到底对还是不对?”

“画册。”

“什么画册?”

“Yi Chen的画册，走，快走。”

“去哪呀，火急火燎的? 这边还没探讨完呢。”

“不用探讨了，跟我走就是!”

月白拉着孙平，健步如飞地跑上花雨桥，跑上二楼的佛堂，在佛堂里一通扒拉。

“哎哟，我的大侦探哦，你快把佛堂给拆了。到底找什么呀?”

“别说话，快看!”孙平正想劝月白停下，就看见月白掀起观音像的斗篷，示意他看观音像的背部。

“我的天哪，怎么这么多4?”观音像的后背堆满了用粉笔写的数字4，孙平大吃一惊：“到底怎么回事?”

“先别问了，再找找，看有没有更重要的东西。”

“月白，看!”几分钟后，孙平在弥勒佛像的后面找到了一个相框，相框里是一个漂亮的女人，看上去三十几岁的样子。相框下面，有一盒火柴和好几根烧了大半的白色蜡烛。

“快，快找招娣!”

“招娣?”

“对，就是那个傻女，一定要尽快找到她。咱们分头行动，马不停蹄，不能声张，要是有人问起来为什么找招娣，就说有亲戚来看她，要她尽快回家。保持电话畅通，随时联系！”

“明白！”

从招娣家到平清街到三清山再到三折瀑，月白踏破了鞋子，就是不见招娣的影子。平日里，他总觉得平顺就是个盈尺之地，找起人来才发现，平顺不小，仿佛无边无涯。

跋山涉水，找了一天一夜之后，他已经筋疲力尽，灰心槁形。

凌晨五点，他一个人站在酒峰潭的岸边，如同行尸走肉。

晨雾袅袅，笼罩青潭，瀑布从悬崖高处倾泻而下，如万丈白缎，落入潭中。

几只黄雀在周遭叽叽喳喳，叫得他心烦意乱。

他感觉自己仿佛遭遇了灭顶之灾，顷刻间就要被淹没。

他用仅存的一点力气，拨通孙平的电话“有消息了吗？”

“还没有呢！”

他失望地垂下手，手机掉入灌木丛中。

几分钟后，他弯下腰，想要将手机捡起，眼角余光却瞥见一抹白色。

他似梦初觉，直立起身体，白色却不见了，于是他又弯下腰，重复刚才捡手机的姿势，看见一株茂密的山茶花树后面，坐着一个白衣女子。

“招娣！是招娣！”顷刻间，月白泪如雨下，每一滴泪都写满了惊喜。

他有一种冲动，想要跑过去，拥抱招娣，一转念，又迟疑了，担心自己的突然出现，会吓到招娣，导致她落入潭中。于是，他轻手轻脚地走过小桥，走向潭的另一边。

等他走到招娣身后时，突然听见“扑通”一声，招娣掉入了潭中。

他也跟着跳入潭中，游向招娣……

5 分钟后，他将招娣拖上岸，对她做了人工呼吸，招娣终于醒了……

“孙平，找到招娣了。”

“太好了，在哪里找到的？”

“在酒峰潭，你多带些人手过来。”

“为什么？招娣没事吧？”

“招娣已经安全了，但是潭底有东西。”

“我马上带人过去！”

2

“何归年的书房找到了吗？”月白看着孙平，急切地问道。

“还没有！”

“张小样怎么说？”

“他说不知道书房这个事儿。还说，他只是何归年的保镖，只负责保护何归年，其他事情何归年并不让他插手。”

“这就奇怪了，那天晚上，在宋美璇家，他清清楚楚地跟我说，何归年有一个书房，好几层楼那么高。”

“那天晚上，他以为你只是个普通的游客，对你没有戒心。到了警察局就不一样了，要守口如瓶，生怕说错了什么，招来祸害。”

“这个张小样，看起来蠢得很，没想到也留了一手。”

“可不是嘛。现在怎么办？”

“他不说，咱也不能逼他，再说了，他虽然知道书房的存在，也有可能并不知道书房的具体位置。”

“如果他不知道书房的具体位置，又怎么会跟你描述得那么清楚？”

“也许，他只是见到了书房，并不知道通往书房的路怎么走。”

“什么意思？”

“假如每次去书房的路上，有人把他的眼睛蒙上。”

“那他虽知道书房什么样，却并不知道书房在哪里。”

“没错，看来何归年的书房，不仅仅是个书房……”

“里面应该还存放着比书更重要的东西，甚至是见不得人的秘密。”

“同意，所以，我们一定要找到这个书房，也要揭露秘密。”

“怎么找？江大侦探有什么妙计？”

“哪有什么妙计啊！黔驴技穷。再审审丁俏丽，看看她知不知道书房的事儿。”

“审过了，她一无所知。”

“哦？会不会她也是刻意隐瞒？”

“不会，从她和张小样的反应对比来看，她是真的不知道书房的存在。”

“明白了！”

“明白什么了？”

“书房里一定有何归年不想让丁俏丽看见的东西！”

“或者藏着和丁俏丽有关又不能公开的秘密！”

“嗯，走，咱们去何归年的住处看看。”

“何归年在平顺一共有四处房产。有一处是他常住的，众人皆知的；有一处是他偶尔去的，在清平山的山腰上，用来接待客人的；还有两处，是他基本不去的。先去哪一处？”

“这些信息，你是从哪里获得的？”

“多方打听，从他的街坊邻居、亲戚朋友，还有底下兄弟那里。”

“先去清平山半山腰看看。”

月白和孙平把车停在清平山脚，踏上了通往山腰的石阶。石阶很长，望不到头。仿佛一条天路，通向苍穹之巅。

石阶两旁翠竹林立，灌木葱郁，花飞蝶舞，杂鸟欢歌。月白大口呼吸着清新的空气，一步步慢慢往上爬，不经意间，他一抬头，看见孙平站在石阶前上方，已经将自己远远地甩在后面。

“孙平，你跑那么快干什么?”

“咱们可是来查案的，不是来闲游的。”

“查案和闲游不见得就一定对立嘛。案也查了，风景也看了，那才是两全其美。人生得意须尽欢。你看这黄月季，多好看，娇嫩欲滴，淡雅温婉。”月白指着灌木丛中一株黄色月季说道。

半个小时后，他们终于到了山腰，走过一段木质平路，来到一座大院子前面。

“平清苑，这院子名字取得好!”孙平说道。

“哪里好了，再俗气不过了!”

“平泰安康，清心寡欲，怎么俗气了?”

“名字是好，可用的人多了就俗气了。如今人人都讲清心寡欲，岁月静好，可要是天天如此，恐怕也是寡淡无味，平庸至极！临了了，一声长叹，奈何此生蹉跎过，但求来世了无憾。”

“你啊是站着说话不腰疼，试问人间能有几人，真的可以做到清心寡欲的?不是人人都有月白神探的闲情逸致的。”

“所谓闲情逸致，想有就一定会有的。咱们这就去看看平顺镇霸的闲情逸致。”

平清苑的大门敞开着，左右两侧各有一条长廊通往正厅。渐变色的大理石地面，黄花梨原色木梁，配上墨绿色雕花廊檐，使得院落显得古韵雅致又时尚轻奢。

“装修如此考究，大门却敞开着，就不怕熊孩子进来搞破坏?”孙平说道。

“也许，相比于后院的乾坤，前院不过是个门脸，实在不值一提，天天大门紧闭，反而让人生疑。何必欲盖弥彰?”月白说着，走入正厅。

正厅很是宽敞，有好几百平方米，里面摆着台球桌、乒乓球桌、电子游戏机等娱乐设备。

“唉，好好个院子，变成了游乐场，真是可惜，看来镇霸的闲情逸致也不过如此嘛!”

“如果何归年真的嗜书如命，必然不会浪费太多时间在这样的场所里。咱们再往后走走看。”

穿过游乐厅，他们走上了一段木质走廊，来到后院。

后院有个荷池，面积和前厅差不多，池中黄白色的花朵，如同一个个小碗，亭亭玉立于荷叶之间。

“这个荷花，真是特别，之前没有见过。”

“荷花也分许多种，这一种名叫玉碗，因色润如玉，形同家碗而得名。”

“你怎么什么都知道?”

“见的人多了，知道的事儿自然也就多了。记得在空城一个私人别墅内，第一次见此种荷花，为之惊叹，主人一番介绍，才得知此花芳名。”

“你这语调听起来，满是江南才情。一会儿是空城饶舌，一会儿是江南平仄。真有你的。”

“老夫生在江南，长在空城，吸两地之精华，弃两地之糟粕，必然是南北通吃。”

“哈哈哈哈，江大师真不谦虚啊!”

他们闲聊着，绕着荷池走了一圈来到一扇黑色的门前。

“门锁了。”

孙平推了推门，没有推动。

“钥匙呢?”月白问道。

“没有钥匙。”

“没有钥匙，来干什么?”

“镇所的报告里说，有同事来仔细搜过，没有什么特别的发现。也没有提到钥匙什么的。”

“我的孙警官哪，您可真是实在人哪。就怕是镇所的人不愿意把钥匙给你，或者他们根本没有钥匙。最好没有钥匙，避免他们来过之后，那些特别的发现都被清理走了。不过这个也不是你能控制的。”

“看来，还是我天真了。那怎么办?”

“天真一点也好，返璞归真，说不定能醍醐灌顶呢。”

月白仔细地打量周遭，陷入了沉思。

看着他从刚才的一脸怡然变得严肃沉重，孙平知趣地陷入沉默。

过了好一会儿，月白走近黑门旁的假山，挪开了一个弥勒佛形状的雕塑，从把手伸进佛像肚皮，掏出了一把钥匙，递给孙平。

“天哪，你怎么知道钥匙在这里?”孙平瞪大眼睛，一脸惊诧。

“见的事儿多了，知道这世界的秘密也就多了。首先，门边一般都放石狮子，极少有放弥勒佛的，弥勒佛应该被供在大堂之上，放在这个地方一定是别有用意。另外，你仔细看弥勒佛的眼睛里面，隐约有一个钥匙形状的花纹。”

“还真是，佩服佩服！可是何归年为什么要这么做?”

“也许，他算准了，早晚会有这一天。未雨绸缪。他算不到找到钥匙的是我，可是他知道，总有人，总有一天会找到钥匙的。”

“这么说来，何归年也是有点儿智慧的。”

“读万卷书者，必然有过人之处。快进去吧。”

随着吱呀一声，黑色木门徐徐敞开，一个古董世界闯入月白和孙平的视线。

圆弧形黄花梨陈列柜上，瓷器、铜器、玉器、木雕、石雕、应有尽有，满目琳琅。

陈列柜两侧的墙壁上挂满了字画，密密麻麻。

“哇……这么多宝贝！不会都是真的吧?”孙平瞪着大眼，一脸惊讶。

“真真假假的，咱们哪看得出来，这还得仰仗专家。不过呢，也不是号称专家的就一定内行，专家也指不定是砖头的砖。”月白沿着陈列柜的弧形边走边说：“这个是清红白玛瑙双鱼花插，双鱼争跃，造型喜庆。鱼，实为鱼龙的化身，此物为清中期玛瑙俏色之作；这个是明永乐剔红花卉纹盖碗，上有牡丹、茶花、菊花的纹饰，雕工细致，文样写实；这个呢，应该是宋青玉环把杯，杯体圆形圆底，光素无纹，油润细腻，简约灵巧。”

“天哪，你怎么都认识啊？”孙平看着月白，一脸崇拜。

“侦探嘛，那不得什么都懂点儿嘛。再说了，古董收藏正是我的爱好之一，我尤其喜欢古董背后的历史故事。不过，我的收藏都是很初级的，跟这些可没法比，但是关于收藏的常识，还是基本上难不倒我的。你再看这个，掐丝嵌画珐琅山水图执壶，通体施天蓝色珐琅釉彩，粉色山水雅景，掐丝和珐琅和谐相拥，精致秀丽；这个呢，朝代久远了，春秋铜狩猎纹豆，属青铜豆，礼器中的一种，主要为祭祀所用；这个呢应该是商代的青玉猪首，就是一个小猪头，可以挂在身上，看到没，二师兄在哪个朝代都是受追捧的。你仔细看，上面有褐色沁斑，知道什么是沁吗？”

“这个我知道，就是外部物质渗到玉里面形成的斑迹。”

“很专业嘛，孙警官可以啊。哎哟，我刚刚不会是在班门弄斧吧？藏得太深了啊！”

“哪里哪里，怎能跟月白大师相比，我只是命好而已，误打误撞。”

“那你知道为什么会有沁吗？”

“这个还真不知道。”

“玉器上会产生沁的地方，本身就有瑕疵，比如破损或者玉质不够好，和人一样，外因只能通过内因发生作用。”

“没错，说得通俗一点儿，苍蝇不叮无缝的蛋。”

“完美的解释！咱们去看看字画吧，这么多宝贝，要是一件一件讲啊，三天三夜都说不完。”

“我总觉得这么牛的古董应该在故宫才对，怎么会成了何归年的囊中之物呢？”

“这个就很难说了，除了官方渠道，不是还有民间渠道嘛，只是咱们国家并不鼓励民间收藏，因为会变相鼓励盗墓。再说了，故宫里有，这里就不能有吗？就算是孤品，也只是空前的孤品，无法绝后的。考古其实和科学一样，都是不断向前发展的。很多考古相关的知识，也是要不断更新甚至颠覆的。咱们国家仿制的水平特别高，人家弄些高级点儿的赝品，彰显自己的能力和地位，也是很有可能的。"

"原来如此，听君一席话，胜读十年书啊！可是，以何归年的身份，他应该不会这么做。"

"不是他要这么做，是他也无法分辨真假啊，最后不还是专家说是就是嘛！"

"都是专家惹的祸啊！"

"虚谷的杂画册，齐白石的虾蟹图，徐悲鸿的骏马图，还有郑板桥的、黄胄的……哪个名家的画都不缺。"

"我对字画一窍不通，也实在说不上哪里好，可这些画，确实养眼。"

"写意画是中国水墨画中造诣最高的。名家的写意画，留白多，构图好，笔触空灵飘逸，禅意绵绵。不过这些说法都是固化的，看画和修佛一样，要靠自己悟。废话不说了，还是赶快找找书房吧。"

"哪有什么书房？看样子已经到头了，后面没有路，也没有房间了。"

"我看看。"

月白把每一个陈列柜后面的丝绒掀起，细细查探。可丝绒后面确实是灰黑冰冷的墙体，并无特别之处。

"月白，快过来。"

"什么？发现了什么？"

月白跑到孙平跟前。

"这是什么？"孙平指着地面上一个小孔，问道。

"这是一个钥匙孔，你怎么找到的？"

"我轻轻敲打地面的瓷砖，发现这个陈列柜底部有一块瓷砖发出的声音很是空洞。我把陈列柜挪开，才知道这片瓷砖是灵活的。

我挪开瓷砖就看到了这个小孔。”

“太好了！如果不出我所料，这个就是书房的钥匙孔。我们只要找到钥匙即可！”

“找到钥匙，谈何容易？”

“不难！你看到那个化妆台了吗？”

“看到了，非常漂亮，化妆镜应该是个铜镜。”

“没错，一个大男人，却收藏一个古董化妆台，一定是这个化妆台有不同寻常之处。”

月白走近化妆台，拉开镜前的大抽屉，俯身将头贴近抽屉，查看了几分钟后，又将抽屉关上，然后将手挪至抽屉右侧板的前端，一使劲，拉开了右侧板。

“找到了！找到了！”月白一声疾呼，孙平跑了过来。

“什么找到了？”

“你看！”拉开的右侧板后方，大抽屉和柜架之间露出一个小暗格，暗格里是一把金色的钥匙。

“我的神哪！这不是真的吧？”孙平拿出钥匙，飞速跑到地砖处，将钥匙插入小孔，突然，以地砖为中轴线，所有的丝绒自动向两侧滑动，中间缓缓露出一堵高高的书墙。

当丝绒完全停止滑动，书墙里的灯自动打开，书墙亮了。

“哇，太神奇了！”孙平一声尖叫。

“嘘，小点声！赶快工作。挑战我们的时候到了。”

“怎么说？”

“如果何归年将秘密夹在这些书里，就真把我们难倒了。”

“是啊，这么多书，一本一本地找，要翻到什么时候啊?!”

“所以，不能死脑筋瞎找，要脑洞大开一下，先找找线索。”

“怎么找线索？”

“你想想，案子办到现在，有什么让你想不通的地方。”

“有。第一，那些女孩的手臂上为什么会有疤痕？第二，我就一直不明白，丁俏丽为什么会买 Yi Chen 的英文画册？她看起来俗不可耐，不大可能对艺术有如此浓厚的兴趣。”

“非常好，我们先从画册入手。有几种可能：第一，丁俏丽家有人学画画；第二，她可能从别处看见过画册，才对画册产生兴趣。”

“据调查，丁俏丽的亲戚知识水平都不高，也没有学艺术的，她的女儿也没有涉及。”

“那就是第二种可能，她看见过这个画册，产生了浓厚的兴趣，在网站上找到了，买了下来。那就从画册这一大类寻找答案。”

“还好书有分类，不然，咱们俩的老腰都要累断了。”

孙平走到艺术画册的架子前，开始翻找，找了许久，没有答案。

“别找了，我看到了！”

“看到什么了？”

“画册，Yi Chen 的画册。”

“在哪里呢？”

“在四大名著图画版那一类。”

…………

月白捧着画册，正要走出书房，突然瞟见一个熟悉的物件，他转头走了回去，取了物件才彻底告别了书墙。

车上，孙平问：“你怎么会想到何归年也有 Yi Chen 的画册。”

“你想想，谁对丁俏丽影响最大。”

“肯定是何归年。”

“如果我没猜错的话，何归年正在看 Yi Chen 画册的时候，被丁俏丽撞见，丁俏丽很是好奇，却索要无果，产生了好奇心，才去网站上寻找的。”

“不愧是神探，料事如神。可是，三大网站的后台显示，平顺古镇，只有丁俏丽一人买过这本画册，那何归年的画册究竟从哪里来的？”

“这就不得而知了，也许是有人从外地下单，买来送给他的，也许是他故意让外地的人买的，就是为了留个心眼，不想让人知道他买过。无所谓了，反正这个答案对案件来说根本不重要。回去后，我们好好研究一下这本画册。如果一切都如我所料，在这本画册里，我们将会找到大部分问题的答案。”

回到房间，月白急忙打开画册，和孙平一起细细查看，有了两个重大发现：

第一，画册的留白处贴满了密密麻麻的白色便笺，便笺上用红色的签字笔，写着齐整的繁体字。每一个便笺上的文字都分为两部分，第一部分都记录了何归年做过的一件坏事，第二部分是他做完这件坏事之后的感受以及忏悔之意。

第二，夹在画册正中央的书签事实上是一张欠条，上面用黑字写着：丁俏丽欠何归年 800 万元人民币，将用丁俏丽和另外 10 个女人的身体偿还。

3

案件到了这一步，月白着实松了一口气，他感觉离真相不远了，只剩剥开云雾见月明了。

他约了乔胭：“花雨桥上见！”

和往常一样，乔胭总是比他早一步到桥上，绝无例外，12 年前如此，如今也是一样。仿佛是为了确保他从远处走来的时候，她已经在他的瞳孔里了。

他的瞳孔像极了一个镜头，随着他和她的距离越来越近，镜头里的景物也越发清晰。他的心跳随之加快，呼吸也变得急促。

今天的乔胭，一改往日的淡雅，穿了一件黑底红花的无袖长裙，站在木色的桥上，略显暗沉。暗沉里带着几分艳俗的性感，使得月白有些怅然：乔胭身上原有的清雅气质，竟然因为换了一件衣裳，变得荡然无存。

“从没见过你穿这种颜色的衣服，别有一番韵味。”

“真的吗？你是一个很不会撒谎的人。”

“什么意思？”

“你口是心非的时候，表情里会有一种内疚感。”

“哦？我就这么不擅长掩饰吗？”

“何止不擅长，很多时候，你就像白纸一张。”

“你这可是抬举我，我这个年龄的人，想像白纸一样，可是很难的。如果我做到了，也只能说是岁月抬爱，光阴垂怜了！”

“人都是多面的，只要你想像白纸的时候可以像白纸，就说明你并没有真的被玷污。”

“不，像不像白纸，和需求无关，是发自内心的自然流露。对于真爱，你永远都复杂不起来，与其说是你为了他们守住了正身，不如说是他们给了你足够的感动，帮助你留住了人性深处最初的光辉。”

“你是幸运的。”

“难道你不幸运吗？”

“我哪有你幸运？”

“有我，你就会幸运。我包吃包住包幸福。”

“真的吗？12 年前，我也是这么想的。我当时以为，遇见你是我人生最大的幸运。”

“是我不好，辜负了你。”

“不是你不好，是造化弄人。”

“好了好了，咱们不要搞得那么沉重啦。过去的事情就让它过去吧，以后，我会努力给你幸运的。”

“我可不敢再有奢望。”

“你这件衣服让我想起了第一次见你的时候你画的头像，黑色的底纸上，一个纯红色的女人头像，看起来很是惊悚。你画的究竟是谁？”

“我也不知道，也许是我还是胎儿的时候，记忆里母亲的样子。我出生后，从未见过我的母亲。你当时是不是觉得我不太正常？”

“我现在也觉得你不太正常。没关系，我也不太正常。不是有人说，每一个人本质上都是一个精神病患者吗？”

“不，只能说每一个能力超凡的人都是一个精神病患者。左手天才，右手疯子。”

“那究竟是什么让一个有疯子潜质的人保持正常的？”

“最好的方式，是把骨髓里的躁动和激情，变成艺术品，变成文学作品，或者其他。”

“也许吧，亲爱的乔胭，难道我们今天就把时间花在讨论哲学问题上吗？咱们能不能换一种方式交流啊？”

“你想用什么方式呢？”

“更亲密的方式。”

“什么是更亲密？我觉得现在的我们就很亲密。”

“其实我们可以更亲密的。”

“肉体近了，灵魂往往就远了。”

“那只能说明灵魂本来就不够近。我宾馆的冰箱里，有一瓶10年的加拿大冰酒，要不要一起喝？”

“那叫上天青一起喝？”

“才不叫他，谁知道那孙子干吗去了。再说了，最好的东西，我总是留给我最心爱的女人。没办法，我就是这么一个不折不扣的‘直男癌’患者，重色轻友是我的本色，都是我的基因惹的祸，不能怪我，我也无法选择。”

“好吧，那我只能选择尊重你的基因了。”

他们一前一后，走下桥板，走下桥阶，刚要上出租车的时候，月白转过头，看了一眼花雨桥。那一回眸意味深长，像是在依依惜别一段不可复制的时光。

到了宾馆，月白打开冰箱，拿出一个细长的酒瓶子，酒瓶子上印着VQA的英文字母。接着，月白又从行李箱中拿出一个布袋子，从布袋子里翻出两个纸盒子，从纸盒子里，拿出两个郁金香形状的高脚杯。

“没想到你也喜欢喝冰酒。”乔胭拿起酒瓶看了看，又放回桌子上。

“这么说，你也喜欢喽，你没看我还自带杯具吗?”

“杯子，不是杯具。”

“谁知道是杯子，还是悲剧呢。”

“是杯子，也是悲剧。”

“来，ALL THE BEST!”月白端起酒杯，轻轻地碰了一下乔胭的酒杯，两个酒杯发出铃音般的响声。

“这水晶杯的声音真好听，我喜欢甜酒。”乔胭右手托起酒杯，用左手的食指弹了弹杯壁。酒杯发出悦耳灵动的声音，在房间里飘了一会儿，渐渐消散。

“你不喜欢干红吗?”月白端着酒杯，盯着乔胭。

“不喜欢。”

“干红太苦涩对吗?”

“对，甜酒香醇甜腻，容易上头，几口下去，微醺之时，就乏了，困了，能美美地睡上一觉，脑子里没有一丝烦恼。”

“我也喜欢甜酒，简单美好，不粗暴。哎呀！忘了放音乐了，你看我这脑子，没有浪漫的音乐，怎能叫浪漫?”

“你不是总说，浪不浪漫，只看你和谁在一起，与其他无关吗?”

“是的，和自己喜欢的人一起，和自己爱的人一起，就是在臭水沟里打滚，也是浪漫。不过，不可否认的是，在惬意舒适的情境中，浪漫会更加持久芬芳。”

月白将手机蓝牙打开，连上音箱，点开手机上的播放器，却不知怎么的，音箱就是没有声音。他仔细查看了一下音箱，对乔胭说：“没电了，昨天还有点儿电，今天居然彻底没有了，也许你的能量场太强大了，把电都吸光了。最恼人的是，我没带充电器。你先坐一会儿，我去前台看看能不能借到充电器。”

“别去了，没有音乐就不要音乐嘛，聊聊天，品品酒，挺好。”

“那不行，在我月白式浪漫中，怎能少了靡靡之音呢？”

月白随手将手机放在桌子上，端着音箱走出了房门。

乔胭端着酒杯，一个人坐在茶几前。

月白手机的屏保里，几条金鱼正游得惬意。

过了大约15分钟，月白回来了。

“总算借到充电器了，让你久等了，真不好意思。”

“没关系，我一个人正好三省吾身。”

“哦？看来冰酒可以净化心灵啊，如果再来点靡靡之音，咱们就可以对影成四人了。”

“不，是对影成六人！”

“天青不爱喝甜酒，不用考虑他，他那样的俗人，怎么能和咱俩一起对影呢？画风会很奇怪的。虽然说，全世界的俗人里面，我还是最喜欢他，可还是不能改变他是俗人的事实。”

“有一种俗，是你觉得他俗！”乔胭喝了一大口冰酒，快速地往下咽。月白能听见她吞咽的声音。

“好吧！你说的全对！刚才在楼下，接了个电话，有个急活，我要赶紧处理一下。你先喝着，等音箱有电了，我再给你来点音乐。我把手头的事情忙完，带你出去兜风。”

“没车怎么兜风？”

“不一定非要开自己的车啊，可以借，也可以租。”

“是，连爱都可以借，还有什么不能借？”

“这话学问大了！”月白背对着乔胭坐着，双手在键盘上，噼噼啪啪地敲着字。

…………

“我要走了，谢谢你让我遇见你，也谢谢你，让我离开你！”大约10分钟后，乔胭站了起来，打开房门，走了出去。

又过了10分钟，月白接到天青的电话：“月白，你放了乔胭！

是我干的！跟她没有关系！”

“天青，你说什么？什么是你干的？”

…………

月白失魂落魄，一个起身，碰到了依然静立在茶几上的酒杯。酒杯掉在地板上，“哐当”一声，碎了一地。

月白箭步跑到天青房间的门口，使劲砸门，无人回应。

他又跑到花雨桥上，到处找天青，就是不见天青的影子。

直到第三天下午，子颜打来电话，说天青回到了空城。

只是，他已经自尽了……

4

“潭底的遗骸身份都确认了！”孙平递给月白一张表格。

“这么快！”

“因为遗骸众多，有 16 具，被列为特大案件，各种手续都在提前。”

“丁俏丽认罪了吗？”

“认罪了，看到尸骸检测报告，她也知道百口莫辩了。”

“真是惨绝人寰啊！杀人不眨眼！这个丁俏丽，简直比《水浒传》里的孙二娘还狠毒！”

“咱们本来还以为冤枉她了，费尽心机给她洗白，没想到……”

“一码是一码，与其说是为她洗白，不如说是还原案件真相。任何时候，真相都值得尊重！”

“最可恶的是，这些人正是这几年特大洪水中的失踪者。”

“也就是说，他们预先选好了受害者，根据天气预报和洪水预警，在特大洪水到来前夕，对受害者下手，将尸体绑在大石块上，扔进酒峰潭底，洪水过后，这些受害者就变成了洪水中的失踪者。”

“这样的障眼法可以说是一箭双雕，既可以除掉眼中钉，又可以逃避法律的追责。可问题是，他们怎么可能算得这么准？万一天气预报不准，洪水没有预期的那么大，还不至于造成人员失踪呢?”

“现在的天气预报和洪水预警都八九不离十。丁俏丽在公安局里有内应，只要官方说是被洪水冲走了，还有谁会怀疑呢？再说了，究竟多大的洪水能够冲走一个人，是很难有清楚的界定的。”

“分析得对!”

“一定要严惩丁俏丽及其同伙，尤其是公安局里的内应，不然不足以平民愤，不足以警示后人。”

“没错，根据丁俏丽提供的同伙名单，这些人已经全部在押了!就等着审判了!”

“罪该万死！大快人心!”

“这些人真是处心积虑，丧心病狂。多亏了招娣，不然，这些亡灵，不知道什么时候才得以被超度!”

“是啊，招娣真是个大功臣，不仅指引咱们找到了她母亲的遗骸，找到了失踪的4号，还把杀人恶魔丁俏丽绳之以法了。不过让人费解的是，招娣怎么突然就清醒了？太神奇了!”

“根据心理医生的分析，当年，招娣目睹了母亲被丁俏丽害死的全过程，被惊吓成了智障，但是她毕竟不是天生智障，只是选择性失忆，对一些生命中至关重要的人和事依然有清晰的记忆，依然很执着。”

“既然她知道她的母亲是被丁俏丽所害，也知道她母亲的遗骸所在，为什么之前不报警?”

“因为她知道，在当时平顺的社会环境下，她报警，潭底的遗骸就算被捞上来，也会被再次埋葬，那样的话，她不但没有达到为母报仇的目的，还可能断送自己的性命。”

“还有一个疑点，乔胭矢口否认将铁锹藏入丁俏丽家中，她说那个铁锹是她奶奶买的古董，她不可能不知道铁锹底部有‘永庆’二字。她把铁锹藏入丁俏丽家，无异于自掘坟墓。她说她袭击完何归年后，第一时间把铁锹埋在了她家后院。”

“那究竟是谁把铁锹藏入丁俏丽家中的？”

“我也纳闷。而且乔胭也承认，是她用她奶奶的古代毒药毒死了宋美璇，宋美璇的自白书也是她根据所见所闻加上一些猜测杜撰的，但她并不承认将何归年推下桥。”

“难道真的是何归年自己掉下去的，还是说把他推下去的另有其人？”

“没有监控，没有目击证人，没有物证，目前没有任何论断。”

“天哪，不会是？我不希望这是真的。”

“我也不希望，可是各种迹象都表明，招娣一直在装傻！”

“如果招娣装傻，又常年守在花雨桥二楼，何归年又是死在桥下……”

“招娣会不会才是把何归年推下去的人？”

“我也是这么想的！”

“如果真是招娣，她的作案动机是什么？招娣的口供怎么说？”

“大概意思是，她 10 岁的时候，亲眼看见丁俏丽趁她母亲不注意，从身后用铁锤将她母亲杀害，然后，夜深人静之时，用小推车将尸体运至酒峰潭，绑上大石块，推入潭底！可奇怪的是，我们对 16 个人的头骨都进行了检测，发现只有招娣母亲的头骨没有被击打的痕迹。其他 15 人的头骨都严重变形。她母亲的骨头发黑，更像是中毒身亡的。”

“招娣为什么要撒谎？”

“我也想不明白。而且，丁俏丽只承认杀害其中 15 人，拒不承认杀害招娣的母亲。”

“难道？”

“难道什么？”

“立刻逮捕招娣，不要让她离开警察局。”

…………

第十六章　孤胭

1

我叫乔胭。

从我记事那一天开始，我就和我的奶奶一起生活。我没有见过我的爸爸妈妈，奶奶是我唯一的亲人，是我的生命中存在过的唯一的亲人。

我知道，我有爸爸妈妈，我只是不知道他们究竟在哪里。

每次问奶奶，她都只是摇摇头："孩子，为什么要知道他们在哪里？他们给了你生命，你就是一个独立的个体，不管他们是谁，现在在何方，有过什么作为，长得好看与否，都不能改变你应该作为一个独立的人存在的事实。你应该有独立的人格，有独立的三观，有独立的视角。终有一天，你会明白，周遭的一切其实都不能真的改变你的内在，你就是你，你是独一无二的，你是光彩夺目的，你应该是你自己的骄傲！"

幼小的我，并没太明白奶奶话里的深意，但是隐隐约约中，我知道，奶奶希望我成为像她一样的人，喜欢读书、画画、写作、收藏。奶奶的岁月静好来自她对自我的认知和把握。

可是不管奶奶怎么说，在心底深处，我总是有一种期盼，期盼不经意间听到街坊邻里偷偷地议论我的身世，议论我父母的爱情，议论他们的模样、他们的脾气、他们的工作，甚至他们可能的结局。

我以为他们会说“乔胭长得和她妈妈很像”“乔胭出生的时候，天上挂着大大的太阳”“乔胭的爸妈是好人，他们助人为乐”“乔胭小时候特调皮，总是把她爸爸当马骑”……

可惜，我唯一听到过的议论是：“谁也不知道乔胭是被从哪里捡来的，可能是桥底下吧？不知道她到底是谁的孩子。真是奇怪，她好像是从地底下冒出来的。”

这样的议论，对我来说没有任何意义。不属于这里是关于我身世唯一可以确定的事实。我倒更希望能听到一些小道消息、花边新闻，甚至流言蜚语，可以否定这个事实。

于是，小时候，我常常问自己：我从哪里来？是谁创造了我的生命？又是谁将我残忍地抛弃？我会不会是从外太空来的？会不会是宇宙飞船飞过平顺古镇上空的时候，看到这里美丽如画，于是将我留下，想让我体验另一个星球的美丽？

我甚至梦见过，我飞到天上，找到了我的爸爸妈妈。他们长着一副怪异的外星人的模样，没有头发，有着被挤扁的五官和长满了爪子的身体。

我冲着他们愉快地叫“爸爸！妈妈！”

他们却诧异地看着我：“你长得和我们不一样，我们怎么可能是你的爸爸妈妈？你的爸爸妈妈一定在地球上，以后不要再费劲巴拉地飞上天了，在地球上慢慢找吧。不过找不到其实也不要紧的，如果你足够强大，有没有他们又有什么区别？在我们这个星球，家庭的概念已完全消失，你是谁生的不重要，重要的是，你属于我们这个物种，整个星球都是你的家，星球上的所有人都是你的亲人。”

从梦里醒来后，我开始观察身边的人，从街坊邻居到外地游客。我骗自己说，我的爸妈一定就在他们当中。

我总是一个人跑到花雨桥上，静静地等待、张望。我喜欢从花雨桥的这一头慢慢地走到另一头，假装漫不经心，无所事事，可事实上，我的眼睛却在每一个游客的身上，仔细打量。

我就是想看看，他们当中会不会有人，和我长得很像……

可是，在花雨桥上不知走了多少个来回，等来的总是失望，等久了，便成了绝望。

13 岁那年，奶奶得了重病，不久就去世了。临走前，她握着我的手说："孩子，你的爸爸妈妈在遥远的广空，我是从广空的福利院里将你抱回来的。之所以一直没有告诉你，是不希望你耗费心思去寻找他们。因为我相信，如果他们还爱你，会亲自来找你的。他们知道你在这里。可是你找他们，就像是大海捞针。"

我以为自己会大哭一场，可最终只是默然无语。奶奶即将离去带给我的恐慌，早已冲淡她话中透出的关于我身世的淡淡希望。

那一刻，我突然明白，留住本属于你的要比寻找那些虚无缥缈的重要许多。

"孩子，记住，不要把生命浪费在失去他人的绝望中，一定要把时光雕刻成自己想要的模样。"奶奶在闭上眼睛之前说的最后一句话，我听得一知半解，可是我觉得这句话动听极了。

从那以后，我的人生，都在践行奶奶的至理名言："人最终只能依靠自己。"

我一边练习着坚强，一边默默地等待他们的出现，只是我从来不祷告，不求上帝，也不求老天爷。因为我知道，如果他们是因为听到了我的祈祷才来找我，那并不是真的爱我，他们只是在怜悯我，在回应我的央求。

这样的怜悯，是侮辱，我拒绝接受。

我等啊等，等到 20 岁，也没有等到他们的出现。

每天晚上睡觉前，我一个人独守着空荡荡的屋子，奶奶的音容笑貌，像一朵兰花，成了我心中唯一美好的坚守。可奶奶的话，又像墓志铭，洗礼我的伤疤。

在万籁俱寂的深夜，每当我睡不着，我就跟奶奶说：“奶奶，如果他们不来找我，说明他们并不爱我。那世界上，就不存在任何一个爱我的人了。”

奶奶没有回答。我不知道她是否听到了我的话，也不知道她是否赞同我的说法，直到20岁那年的夏天，月白出现在我的生命里。

他像一朵盛开的蓝莲花，来自天涯。

2

那天，我在花雨桥下的石亭里写生，用奶奶教我的方法。

说是写生，其实不然。每次我想要画花雨桥，画着画着，总会画出一个红色的头像。我不知道那是谁的头像，也许是我自己的，也许是奶奶的，也许是我还没有见过面的妈妈的。

那个头像就像瞳孔里的一个疤痕，挥之不去。每次只要我一拿起画笔，就像是中邪了一样，情不自禁。

头像画到一半，突然电闪雷鸣，下起了大雨。我抱着画板跑到桥上，不小心滑倒了。我正觉得狼狈，要挣扎着站起来，就看见一只大手停在我跟前。我觉得恍惚，因为那是我第一次这么近距离地看男人的手。那手宽厚粗犷，发着光，仿佛来自天上。

我多么想将我的手放入那只大手中，被它包围，被它温暖，可是我脑海里却出现了一个矛盾的声音：不可以，你不需要别人的搀扶，你可以自己站起来。

可当手的主人调皮地说要帮我洗裙子的时候，我的心墙塌了。

我脸上虽装出一副不屑的样子，可是我的心早已臣服，柔软得像桥底的一缕水草，甘愿随波逐流，任他摆弄。

从那一刻起，我觉得我的爸爸妈妈是否会出现已经不重要了，我也不再纠结他们是否真的爱过我，又是否依然爱我。

月白给我带来了我需要的所有。

其他的种种，对我来说已无关紧要。

最让我惊喜的是，月白竟然是中央美院毕业的，那可是我梦想的学校，是我最想去的地方。多少个梦里，在美院的银杏大道上，我和我的同学们闲庭信步，有说有笑。叶子金黄，片片飘落在我们的肩上。那画面太美，我看得入迷，看得沉醉，看得小心翼翼，生怕一个眨眼，这一切就消失不见。

每当我从梦中醒来，总要大哭一场，哭湿枕巾和被头，哭花眼睛。眼泪淹没了我的期盼，我感觉自己被埋入了让人绝望的深海，不能呼吸，无法逃离。

美院和我未见过面的父母一样，只存在于我的幻想中。他们像海市蜃楼，美轮美奂，却也虚无缥缈。我对他们无可奈何。

他们也像情歌，只有从别人的口中唱出来的时候，才美妙动听，催人泪下。都说得不到的才是美好的，可在我这里，所有得不到的都与美好毫不相干。它们只会让我懊丧，绝望，甚至怨恨。

唯有月白，不在我的期盼里，却不经意地出场，那么明亮，那么张扬，每一个眼神、每一个动作都能给我温暖，让我心安。

那时候，我开始相信，也许期待里的并不是最好的，不期而遇才是人间最美的奇迹。

3

那个雨天之后，我和月白每天都相约在花雨桥上，海阔天空地畅谈，关于人生，关于艺术，关于哲学，关于未来，关于爱情，关于性，忘了时间，忘了空间……

他讲得滔滔不绝，声情并茂，我听得神魂颠倒，分分秒秒都沐浴在幸福中。

人生第一次，我知道了什么叫心潮澎湃；第一次，我深信，在这个娑婆世界，找到了温暖的怀抱和坚强的依靠。

我们相爱了，在花雨桥。

我们沦陷了，花雨桥成了我们的爱巢。

白天，坐在美人靠上，我偎依着他闲聊。从他的胸膛里透出的暖，让我深信，余生再也没有什么能将我的幸福阻挡。

夜里，我们仰望星空，他搂着我，给我讲星座的爱恨。

每当讲到一半时，他就忍不住吻我，从我的头发到我的脖子，从我的手到我的唇。然后，他抱起我，爬到二楼的小佛堂。

在那里，我们疯狂地做爱。

他吻尽了我身上的每一寸肌肤，吻得我无法呼吸。

他眼里射出的光芒，仿佛在骄傲地宣誓，我的每一个细胞都属于他。

我灵魂深处积压许久的痛楚，被爱的巫山云雨反复洗礼，我觉得自己被救赎了。

我放任我的娇嗲声在佛堂里回荡，我要让世界知道，我被填满了。

月白用他的爱填补了我对这个世界所有的渴望，以及所有的缺憾。

每当他筋疲力尽，躺在我怀里的时候，我们才想起在我们的周围，立着好几尊佛像。他们怒目圆睁，仿佛在考虑如何惩罚我们对他们的大不敬。

月白也朝他们瞪眼："看什么看，我们是凡人，你们是神仙，不能因为你们没有需求，就不让别人相爱吧?"

他的话总能把我逗笑，可我始终不敢直视佛像的眼睛，因为我相信报应。

我们什么都聊，唯独不聊彼此的生活和身世。他从不问我，我也从不敢问他。好像这些不过是细枝末节，无伤大雅。我们只在乎眼前鲜活的彼此。

我们的灵与肉交织纠缠，互相录属。我们太过投入，全然忘了周遭。

他的爱热烈而纯粹，从不拖泥带水。他说："我喜欢你，就喜欢你的全部，我爱你，甚至爱你的缺陷。"

和他在一起，我觉得，我有没有父母不重要，我有没有上中央美院不重要，我的过去不重要，我的将来似乎也不重要，唯一重要的就是那个当下，他和我深情相拥的当下。我只管尽情地做我自己，做那个世界上独一无二的乔胭。

一个半月后，有一天，月白没有按时出现，比往常晚了好几个小时。

我想给他打电话，才发现，我连他的手机号码都没有。

我不仅没有他的手机号，任何其他通信方式也没有。

那时候我才如梦初醒，我们都爱得太陶醉，太信任彼此了。

等月白再出现的时候，我看出了他表情很反常，脸上满是纠结的感伤。

我知道，一定发生了什么，我想问，却不敢问，生怕会问出一些我不愿接受的事实。

我们勉强聊了几句，像是道别，又像是承诺。

那天的夕阳格外美丽，晚霞像鲜血染红了天边。我和月白，仿佛在谱写一段血色浪漫。我第一次预感到，月白会从我的世界里消失，在不久的将来。

只是，我没有想到，这个将来竟然来得这么快。

他走之前，向我反复强调：相信我，我会来的。

虽然他说得毫无底气，可是我依然相信他会来。

因为，他是月白，我的月白。

第二天，和往常一样，太阳一出来，我就来到桥上，支起画架，放上画板，拿出颜料，拿起画笔，假装若无其事地画着。

事实上，我心焦如焚。每隔几秒，我就忍不住看一眼桥头，看桥檐下是否站着我的月白，可是，一直等到太阳落山，桥上依然没有他的身影。

第三天，我依然重复前一天所有的动作行为，依然假装镇定自若。唯一不同的是，我对月白的期待更加炽热了，炽热到几乎要将我灼伤。

第四天下午，台风突如其来。站在桥上，感觉到桥板摇晃的时候，我扔下画板，快速跑下桥阶。跑到街上，我摔了一跤，坐倒在地。鲜血从我的胯下冒出。我使劲全身力气，也没有办法站起来。风雨肆虐，将我淹没，我只能眼睁睁地看着胯下的鲜血被雨水冲向远处，形成一条细长的血河。

我泪如雨下，不一会儿就失去了知觉。

醒来的时候，一睁开眼，我就看见丁俏丽坐在床边。

她满面红光，满脸堆笑，美得像一个活菩萨。

“乔胭，我的小宝贝哦，你终于醒了啊！把我们急的哦！”

“你是谁?”

“我是你丁婶啊，你不认识我了?”

“不认识，我是谁?”

“哎哟，宝贝儿，你可别吓我啊！你这是怎么了?”

就这样，从我醒来见到丁俏丽那一刻开始，我失忆了。

当然，我只是假装失忆。

我只是不想去触碰过去，不愿想起月白，不忍想起我胯下冒出的那一摊血。

后来我才明白，那一摊血，是我和月白爱情的结晶，本该凝结成我的孩子。

只是经过那三天，我对“爱情”这个词有了更深刻全面的理解。爱情的结晶也被赋予了浓烈的讽刺意味。

再后来，我发现，我的大腿内侧，莫名多了一个鸡蛋大的伤疤。不痛不痒，像是被什么东西咬了一口。

那个伤疤让我更加确信，失忆是很有必要的。我一定要把失忆进行到底。

而最让我大跌眼镜、诚惶诚恐的不是那个伤疤，也不是丁俏丽的和颜悦色，而是新闻里说："洪水不仅冲垮了桥梁，还夺走了三条人命。其中一位是一个年轻的女画家，刚20岁出头，长着一头乌黑的长发，长期在花雨桥上写生作画。"

新闻里没有报出那三个人的姓名，也没有照片，可最后一句让我明白，我被死亡了。我的名字已经从活人名单中被移除了。

我不知道是谁要让我"死亡"，为什么要让我"死亡"，可如果乔胭能以这样的方式从世界上消失，我也着实觉得是一种解脱。奇怪的是，我在民政局的身份依然存在，只是我的名字被改成了李木华。

我将计就计，把自己看成了李木华，让乔胭的被死亡更加彻底。

在我的世界里，再没有乔胭，只有李木华。任何将我认作乔胭的人都将被我鄙视，被我唾弃。

我，李木华，破茧成蝶，将和过去彻底告别。我要新生，要全新的自我。

我对奶奶说的那句"人最终只能依靠自己"，有了更深一层的理解。

醒来后过了不到一个月，另一个男人出现了。

4

"你是乔胭？"

"我不是，你找哪位？"男子长得很是清瘦，和月白的宽厚形成了鲜明的对比。他背着一个很大的相机，相机的镜头很长，像一个炮筒。

"你肯定是乔胭，我见过你的照片。"

“你肯定认错人了，我叫李木华。”

“不可能，我见过你的照片，不可能认错。”

“你到底是谁，我是不是乔胭和你有什么关系?”

“我是月白的朋友。”

“什么?”听到“月白”这两个字，我顿时心痛如绞，好像刚刚勉强合上的伤疤突然炸开了，“我不认识什么月白。你认错人了，你快走吧!”我努力掩饰情绪，生怕他看出来。

“我不知道你是不是故意不承认自己是乔胭，我来只是想让你知道，月白并没有忘记你，他不是一个无情的人。”

“你说再多都没用，我根本不认识他，你就别在这儿浪费时间和感情了。”

“月白是有苦衷的，他不能出面，所以让我来找你。你在生活上有什么困难尽管跟我说。”

“我没有什么困难，我能养活我自己。再说了，道不同不相为谋，我又不认识你们，无功不受禄，你走吧，以后别来了。”

“月白他爱你，你要相信他，他只是身不由己。”

“什么爱不爱的?我不相信爱情的，你赶快走吧，你再不走，就别怪我不客气了。”我的语速越来越快，声音越来越大，我就是想让他知道，我不需要月白的怜悯。月白，在我的世界里，已经死了!

“我走我走，你千万别生气。我叫天青，这是我的电话号码，也是我的微信号，你先存着，说不准哪天，你想要联系我找月白呢。”他递给我一张淡绿色的纸条，纸条上是一串黑色的阿拉伯数字。

“我不需要，我不认识你们，找你们干什么?”

“你先存着，我先走了。”

天青有些尴尬地走出了我家的大门，过了一会儿又折了回来：“月白是爱你的，他只是有苦衷，你要相信他。”

“你走不走?”我瞪着大眼，对他一通吼叫。

“袋子里是稻香村的糕点，希望你喜欢。”

他将手中的袋子迅速扔下，灰溜溜跑开了。

天青走后，我哭了，哭得天昏地暗，肝肠寸断。

我虽然自欺欺人已经将月白从我的脑海里彻底抹去，可是关于月白的哪怕是芝麻大的事情也能搅乱我的心潮，把我推入万劫不复的情绪深渊。

我恨月白，为什么在我已经决定与过去决裂，以新的身份重新做人的时候，他又出现，又来作祟。

他出现就出现吧，却不现真身，而是派来一个陌生的代言人，向我宣誓他的忠诚。他一边躲着，一边又要让我相信，他依然爱我。我真的很想破口大骂。

可不能否认的是，天青的出现，淡化了我对月白的憎恨，减轻了过往给我带来的痛苦。仿佛，在一片黑暗的死寂后，我的人生又亮起了微光。

天青留给我的袋子，我一直没有打开。直到有一天，隔壁的招娣来到我家，翻找吃的，把袋子里的东西倒出，我才知道，袋子里，除了几盒稻香村的糕点外，还有厚厚一叠百元大钞。

我把糕点给了招娣，招娣很是开心。

她是个傻女，只对吃的入迷，根本不认识什么人民币。

可是招娣是个好女孩，从她的眼中，我能看见人性的纯粹和美丽。

看见那叠百元大钞的第一眼，我不得不承认，我有一种想哭的冲动，至于为什么想哭，我也说不清楚。也许，因为那钱来自月白，也许，因为那时候的我一贫如洗，一无所有，我真的很需要钱。

可是，我的傲慢和对月白深深的偏见，使得我无论如何也不愿意去触碰那些钱，更别说用它们解我的燃眉之急了。我对自己说，就算饿死也不能花那些钱。

在这种左右为难的情况下，我倒是更愿意接受丁俏丽给我的施舍。

她总是隔三岔五地来我家，给我送钱。

“乔胭，你奶奶一走，抛下你孤苦伶仃的，够难的，婶儿给你的钱，你尽管花，不用你还，更别说利息了。你奶奶生前也总是照顾我，所以，有困难你就跟婶儿提，我要是不帮你，我能对得起你死去的奶奶吗？我也对不起我自己啊，对不起我的良心啊！”丁俏丽柔声细语，语重心长，常常说得我热泪盈眶。

可我知道，我不能轻易接受丁俏丽的好。我总觉得，她的和颜悦色太过矫饰，缺乏真诚。

“不用了，丁婶儿，您留着用吧，我奶奶给我留了些钱。再说，家里还剩不少稻谷，够我吃上好一阵子了。”

“你这孩子，女孩子家家的，怎么能就吃大米呢，营养能够吗？咱们哪，谷物杂粮得有，蛋、鱼、奶、肉也不能少，婶儿还指望着，把你养得漂漂亮亮、白白嫩嫩的，嫁个好人家，也算是了了你奶奶的心愿了。来来来，拿着。”

她一边苦口婆心，一边往我手里塞钱。

我盛情难却，只好收下：“婶儿，您记住，这是我借您的，以后一定要还的，婶儿对我的好，我没齿难忘。”

“瞧你说的，婶儿都不好意思了。咱俩谁跟谁啊！拿着花，不要想别的，身体要紧。”

就这样，天青留下的钱一直被锁在柜子里，分文未动，丁俏丽塞给我的钱却在口袋里越积越多。

直到两个月后的一天，丁俏丽神秘兮兮地将我带到一个宾馆的房间里。

5

那个宾馆的房间很大，应该是普通人家卧室的好几倍。

一进门我就看见一把墨绿色的长椅，椅背朝向房间的大门。长椅上一个男人背对着我们坐着。

男人的头发很长，垂到他有些瘦削的肩上。

我虽不知道丁俏丽葫芦里究竟卖的什么药，但是我有一种不祥的预感。

“乔胭，来，坐。”

丁俏丽将我拉到男人跟前，我才知道，那个男人正是何归年。

之前，我和何归年并无私交，可是关于何归年，其人其事，却早已如雷贯耳。

我预感大事不妙，借口说要上厕所想要逃离，谁知被丁俏丽一把拽住，一个强推，我倒在了椅子上，我的身体与何归年的身体发生了轻微的碰撞。

“不着急，等会儿再去，先听我把事情说完，你再去也不迟。”

丁俏丽眼疾手快，语气却保留着往常的伪善。

我知道我逃不了了，干脆坐正了。

“乔胭啊，你不要害怕，不要紧张，我是你婶儿，我能害你吗？我就是想介绍你认识何老大，你也听说了吧，何老大可是咱们平顺古镇第一能人。以后啊，让大哥带带你，让以前你吃的那些苦全都灰飞烟灭，烟消云散。咱们出人头地，好不好？”

“丁婶儿，我现在过得挺好的，我没有奢望什么出人头地，能过上普普通通的日子，我就心满意足了。”

“你看你这孩子，咋就不开窍呢？就你奶奶，能给你留几个家底啊？你奶奶，我还不了解吗，那点退休工资全都用来买古字画了，那些古字画，我估摸着，十有八九都是假的。老太太对别的事，那叫一个精，可是一遇到字画，就跟喝醉酒似的，稀里糊涂的，啥也分不清了。明明是人家一天前刚画的，跟她说是一千年前画的，她都信。真叫人着急呀。”

“丁婶儿，我奶奶做什么我都支持，她喜欢字画，我就支持她买。既然我奶奶已经过世，我们还是尊重她老人家的在天之灵吧。在这里议论，她听见了，会不高兴的。”

“行行行，不说你奶奶，咱说说你。”

坐在我旁边的何归年，沉默不语，毫无表情，静静地听着丁俏丽与我你一言我一语。如果不是他的眼珠时常转动，我会误以为他是一尊雕塑。

“乔胭哪，你不知道，其实我也没有什么钱，你看我上有老下有小的，家里也没个男人当顶梁柱。不瞒你说，哎哟，真是难以启齿呀。”丁俏丽忸怩作态，故意欲言又止，吊人胃口，我就想看看，她到底想唱哪出。

“没事，婶儿，您尽管说，咱们是亲人，有什么话不能说的？”

“那我可说了啊！胭哪，我给你的那些钱啊，其实，都是我从何老大这里借的。何老大慷慨，对我本来就是有求必应，一听说你有困难，那更是上杆子要帮你。要不怎么都说，咱何老大是个真男人呢，助人为乐，他绝不吝啬，怜香惜玉，他更是心甘情愿。”丁俏丽的狐狸尾巴终于露出来了，接下来的剧情，我已经猜到了大半。

“谢谢婶儿，谢谢何老板。婶儿，那些钱，虽说是您好心好意要给我，但我也说过，以后会慢慢还给您的。钱是从您这里借的，我和您对接就好，至于您是从谁那里拿的这些钱，我管不了，也不应该管。”

“这闺女有良心，会说话，句句是人话。我就说你奶奶没把你教育差。听你这话说得雷厉风行的，有范儿。可是闺女啊，话是没错，理也是这个理，可是……”兴许是觉得我不太好忽悠，丁俏丽把语气矫饰得更加婉转柔和了。她的眉毛忽高忽低，眼睛忽大忽小，看得我眼睛生疼，胃发酸。

“既然您也承认我说得有道理了，那我就先走。欠您的钱一定在10天之内还上，另外给您算20%的利息！我就不打扰您和何老板了。”趁丁俏丽说出关键内容之前，我趁机抢话，想试探是否有走出去的可能。

我快速站起，一个转身，准备向门口走去。

“不着急走，我这里有上好的香槟，咱们一边喝一边聊。都是乡里乡亲，别整得这么生分。你要是就这么走了，显得我何老大多不懂事，待客不周可不好。客人走了之后，我会自责内疚的。那样不好，真的不好。小丁啊，去，把我冰箱里勃艮第的桃红拿出来，和你这位侄女一起品尝。都说好东西要拿出来分享，不能独占。我是年龄越大，感触越深。独乐乐不如众乐乐，说的不就是这个意思嘛。一个人喝酒，喝的都是苦涩和孤独，和喜欢的亲朋一起喝酒，喝的是温暖，是情怀，是格调，甚至是理想………”

何归年富有磁性的声音里，藏着几分女性的婉转阴柔。他娓娓道来，抑扬顿挫，凝重而沉稳，像一个修身得道的哲人。他的遣词造句很是考究，像极了一个有深厚底蕴的文人。

奶奶早就跟我说过，何归年喜欢舞文弄墨，高谈阔论，“四书五经”，张口就来，孔孟朱熹，信手拈来。要说论道，平顺古镇，无人可比。

都说流氓不可怕，最怕流氓有文化。何归年恰恰就是个有文化的流氓，对他不了解的人，恐怕很难将他和地头蛇、恶霸之类的称呼挂上钩。

还好，奶奶在世的时候，经常以何归年为例，将人性中的善与恶分析给我听，让我懂得，一个在复杂的环境中成长起来的人，很难不具备复杂的人格。

于是，不管何归年说得多么动听，我都明白，这背后一定藏着常人难以发现的奸诈和凶狠。

所以，我很清楚，那个酒，我不能喝，但是我并不清楚，不喝这个酒的后果会是什么。我别无选择，只能铤而走险，以身试法了。

“何老大，你说的没错，我奶奶生前也喜欢喝酒，我也会偶尔跟她喝上几杯，微醺的时候，总能更加深切地体会到奶奶对我的爱和关怀。人都说，酒逢知己千杯少，我虽不能自夸有资格成为你的知己，可至少，对酒，我也懂几分，若真是探讨起来，我也能接上话。只是我觉得，一个人心甘情愿陪你喝酒，和无可奈何地陪你喝酒产生的感觉是完全不一样的。心甘情愿陪你喝，才能喝出温暖和情调，无可奈何地陪你喝，就算陪你的人再多，喝出的也是勉强和苦涩。”

“瞧，我就说，我家乔胭会聊天吧？刘奶奶调教出来的孙女，自然与众不同。何老大，有乔胭陪咱们喝，喝出的何止是情调啊，是享受，是飘飘欲仙。”

“可不是，跟她比，你还是俗，俗了可不止一星半点。”

丁俏丽被何归年揶揄得有些尴尬：“是是是，我呀，书读得少，跟你俩不能比。”

“不能比就不要比，你也有你的长处，你就说点儿你擅长的。”何归年对丁俏丽使了个眼色。

“对对对，我说我擅长的，俗就俗吧，俗有俗的好处不是吗？”丁俏丽挤眉弄眼，像是给何归年传递某种信息。“乔胭，你也知道，咱们平顺，这几年经济不好，很多本来在外头做生意的、打工的都回来了。可是呢，僧多粥少，他们回来，找不到事情做，可不就闲着嘛。何老大担心大家游手好闲，生出事端，就开了几个棋牌室，让这些闲人下下棋，打打麻将，聊聊天，也算是修身养性发扬国粹了。干不了坏事了，也不觉得无聊了，这不是一箭双雕吗？可谁承想啊，这些人就是不懂感恩，玩着玩着，他们押上钱，全变成赌了，有下彩旗的，有抓牌九的，有玩牛牛的。你说这叫什么事啊，把国粹给玩成了下三烂。最可恶的是，越赌越大。最后收不住了，尤其是那些女的，输了钱，拿什么还啊？还不上，该哭了。你说你没有那两把刷子，逞什么能啊？可是哭又有什么用？眼泪能解决问题吗？要么不赌，要么愿赌服输啊！”

“赶紧的，赶快说重点吧，再这么拐弯抹角，黄花菜都凉了，咱们小乔还等着喝酒呢！”见丁俏丽说个没完，何归年朝她使了个眼色。

“何老大说得对，长话短说，长话短说。这些女人输了钱，又还不上，怎么办？赌债也是债，也不能抵赖对不对，你猜怎么着，最后都来求咱们老大。果不其然，老大给解决了，女人们高高兴兴地回家去了。咱们老大呢，看着女人们高兴了，自己也就高兴了。男人们欠了赌债，必须自己还，是去偷去抢，还是去要饭，是他们自己的事情，可咱们女人不一样，咱们有天生的优势，有资本，不是吗？什么优势，什么资本，胭哪，你想想，咱们的身体不就是资本吗？”

“婶儿，我没有您那么丰富的社会经验，您就别问我了，您说您的，就当我是学习了。”

“这就对了，识相！欠了赌债，男人们哭爹喊娘的，咱们女人不一样，睡一觉，就解决了。”

“俏丽扯了这么久，还没扯到重点呢？我都闻到酒香了。”何归年又是一通催促，只是我真的无法判断，他是真的在催促，还是在旁敲侧击。

“是是是，这不，马上到关键环节了。”

看着他俩一唱一和，我感觉自己已经快全身僵硬了，可一听丁俏丽说要进入关键环节，我又如梦初醒了。

我提醒自己一定要竖着耳朵，仔细听，听明白了，听到位了。可丁俏丽突然停住，不说了。

她走近冰箱，拿出一个粉红色的酒瓶子，又找来了开瓶器和高脚杯，把酒打开，倒入杯中。她的动作很是娴熟，看起来像个餐厅服务员。

“对对对，先把酒倒上，一边喝，一边聊！还是小丁懂事啊！要不怎么能成为我的左膀右臂呢？”

何归年的这一句，夸得丁俏丽满脸通红。

她把倒好酒的杯子放在长椅前面的茶几上，对我说：“你选一个。”

三杯酒看起来一模一样，杯子一样，酒也一样，我实在不明白丁俏丽为什么要让我选。可是既然她让我选，我就选吧，我选了靠我最远的杯子。

“乔胭，你不信你婶儿？你婶儿放在你跟前的杯子你不要，偏偏拿离你最远的。你说你婶儿还能害你吗？我这伤心哟！”

“行了行了，小丁啊，废话少说吧。不要破坏我们喝酒的情调。勃艮第的这款桃红，清香，绵甜，丝丝入扣，回味无穷，像极了初恋的味道。”

“浪漫！”丁俏丽朝何归年竖起大拇指，何归年咧嘴笑了，眼神里透出的几分邪性，刚好被我捕捉到。

“桃红虽甜，可喝起来太过丝滑，虽满口甜香，却又少些层次感和趣味，难免寡淡。不如干白，不算太涩，微甜，却让人觉得有留恋，想探究。就像人生，若从生到死都一帆风顺，闭眼那一刻，也会因为觉得太过单调而觉得少些趣味，不是吗？所以，我从不喝桃红。”

“那就来干白！”何归年迅速地端起酒杯，将桃红倒入垃圾桶中，又将杯子放回茶几。“小丁，咱们什么酒没有啊，别说干白了，就是纯白、湿白，也难不住咱们呀！给小乔换酒，就换干白。”

看到这一幕，我才知道，这个房间里的水究竟有多深。我也才明白，我是在劫难逃了。既然难逃，那就不逃，不如将计就计。

“不用了，就喝桃红，以前不喝，不代表以后不喝；以前不喜欢，不代表不可以从这一刻开始喜欢。”

和魑魅魍魉斗智斗勇，我已经快精疲力竭了，最可怕的是，我预感刚经历的一切不过是个前奏。

我心里默念，要挺住，要保持理智，不能慌，不能乱，不能轻易放弃。可究竟要如何让自己挣脱，我真的无计可施。

丁俏丽往何归年的杯子里又倒入一些桃红。然后，她端起自己的酒杯对我说：“来，碰一个！CHEERS！”

我没有选择，只能喝一口杯中酒。

我本想让酒在口中多停留一会儿，好争取时间想办法如何吐掉，可丁俏丽故意伸手碰了碰我的脸颊。酒就像一条小蛇钻入了我的胃中。我愣然了几分钟后，提议要上厕所。何归年看着我停顿了几秒钟，又看了看厕所的方向，点了点头。我快速跑到厕所，将手指插入喉咙，把刚刚吞下的酒，挖了出来，吐入马桶中，迅速冲掉，然后，又若无其事地走回到他们跟前，坐回沙发上。

刚逃过第一口，我已经开始担心下一口该怎么办。

“小乔啊，你不信任我们？你认为酒里有不干净的东西？”

何归年这一句着实把我吓了一跳，原来他们不仅知道我干了什么，还知道我想了什么。我冷汗直冒，全身颤抖，感觉自己被扒光了。和让别人控制我的身体相比，我觉得让别人操控我的思想更加可怕。

于是，我整理了思绪，对何归年说：“何先生，请允许我尊称您为先生。话谈了很久，酒也喝了，虽然第一口确实被我吐到马桶里了，但是，酒过舌尖，产生的味觉并没有因为它被吐掉而消散。吐掉酒并非因为我怀疑酒里掺杂了什么，我只是确实不爱喝桃红，也确实不喜欢被要求喝酒。我喜欢心随我动，意随心生。我相信只有两相情愿，才可以心生愉悦。任何基于压迫和控制产生的和谐，实质上都是征服，都带着罪恶，对于被征服者而言是痛苦，可对于征服者而言又何尝不是凄楚呢？强扭的瓜不甜。对比一下，在狂野中自由生长的葡萄和在大棚里长成的葡萄酿成的酒，究竟哪个更迷人，更芬芳？万物都有精神，控制和压抑是对精神的残酷扼杀，若因肉体的屈服，玷污了精神，又有什么意思？”

我把自己当成是奔赴刑场的巾帼英雄，在人头落地之前，高昂着头颅，不屈不挠，视死如归，等待着铡刀咔嚓落下那一瞬。

可是我等来的却是一阵绵长的抽泣声。

何归年落泪了。丁俏丽拿着纸巾想要擦拭他的眼泪，却被他一把推开：“别动，让我好好享受这动情的一刻，让我记住当下玄妙的感觉。”

过了许久，何归年叹息一声，说道：“让她走！”

“什么？”丁俏丽很是诧异。

“我叫你让她走！”何归年一声大吼。

“大哥，怎么可能？”

“知音难觅，只有她回来，她才是我的。”

我趁机快步走出房间的大门，坐电梯到了一层。

剧情反转得太快，超乎了我的想象，没想到这最后一搏，居然让自己得以全身而退。

我早就听奶奶说何归年惯用各种手段，或甜言蜜语，或软磨硬泡，或霸王硬上弓，将镇上的女孩占为己有，还用金钱恐吓、控制，使得那些女孩对他服服帖帖。

我万万没有想到，丁俏丽竟然沦为了何归年的皮条客。她口蜜腹剑，无非就是想让我乖乖爬上何归年的床，最好是心甘情愿，五体投地；实在不行，就强买强卖。早知如此，就算我饿死，也坚决不会接受她的施舍。

而让丁俏丽没有想到的是，我乔胭，虽别的本事没有，可对于心术，恰好略懂皮毛，就凭着这点皮毛，在关键时刻，还总能胜人一筹。

我虽成功逃出虎穴，可依然心有余悸。为了让何归年和丁俏丽没有理由再来作祟，我只好从天青留下的那一叠百元大钞里抽出一部分，连本金加20%的利息还给了丁俏丽。

那以后，丁俏丽极少出现在我的视野里，她也许深刻地认识到了，想要操控我不太容易。

从我把百元大钞还给丁俏丽的那一刻开始，我莫名开始回忆天青的脸庞，才发现，对于那个陌生的男人，我记住的只有他消瘦的身躯和挂在他脖子上的长“炮筒”。

于是，我拨通了他留给我的电话号码：“谢谢你，你留下的人民币，我用了一部分，以后一定还上，感谢。”

“不用还，你也不用谢我，是月白给你的，跟我没关系，我就是个跑腿的。等以后你见了月白，当面谢他。”

“我不会谢他，也不会见他，谢谢你！”挂了电话，我产生了一种从未有过的羞辱感。我本来发誓余生绝不和月白有任何瓜葛，可偏偏遇见一场困境，月白又成了那个雪中送炭的人。我本以为，我很清高，可以清高到视金钱如粪土。那一刻我才明白，人在极度拮据的时候，很难保持清高。

在步履维艰时，随俗浮沉，只是时间的问题。

6

后来，天青每年都会来看我。每一个季节，他都会出现一次，每一次他都会待上一个星期左右。他说，他是来拍照的，受月白之托，顺便来看看我。

开始几次，他只是把月白托他带的东西放下就匆匆离去。

离开的时候，总留下一句话："我这一堆事儿呢，就不久留了。月白说了，他不会不管你的，你尽管放心，有需要尽管跟我说，给我打电话。"

每次，还没有等我回话，他就消失了。不过，我也确实不知道该如何回话。

再后来，他到我家的时候，除了带来钱和生活用品，还会留下来帮我修门，换灯泡，修马桶。

再后来，他带着我去旅行，还帮我拍了许多照片。

渐渐地，我习惯了他的到来，习惯了他来嘘寒问暖，习惯了他细致入微的陪伴。月白在我的脑海中越来越模糊，成了一个若隐若现的影子。

天青却像是被点燃的烛火，在我的心上，越烧越旺。

等待天青的到来，成了我最美好的盼望。

有一年春天，天青因为得了一场大病，没有出现。我日思夜想，度日如年，才明白，自己已经深深地爱上他了。

月白已然成了过往，天青在我的心上刻了新伤。

因为有天青负重前行，我才有了云淡风轻。

就这样，天青给我的爱深深地融入了我的血液中。没有他，我真的不知道该怎么办。

只是，不知道为什么，天青从来不碰我。

他和我之间永远保持着一段安全的距离。

每次我问他为什么。

他都说："你是月白的女人，朋友妻怎可欺？"

我不再追问，只能默默压抑我对他强烈的情欲。

多少个夜里，我抚摸着自己坚挺丰腴的乳房，幻想着天青霸道地进入我的身体……我宁愿他残忍地虐待我，也不愿他无视我。

在欲望的压抑之下，终于有一天，几杯酒下肚后，我爬上了何归年的床。我把对天青的欲望，宣泄到了何归年的身上。

从那天以后，我的肉与灵，彻底分开了。

我的灵魂寄生在天青的身上，可我的肉体，却被捆绑在何归年的床上。

我爱天青，可以为他付出所有，哪怕我的生命。

我恨月白，这成了我和天青爱情的阻碍。

有一天晚上，何归年到我家找我，被天青看见。

天青和我大吵："你和他什么关系？"

"没有关系！"

"怎么可能没有关系？如果没有关系，他怎么会对你动手动脚的？我看你也不抗拒，一副很享受的样子。"

"天青，你听我说，你不要那么激动。"

"我怎么能不激动？你是月白的女人，你怎么能和别的男人？"天青嗷嗷大哭，泪如雨下。

"我不是什么月白的女人，月白早就不见了，他早就消失了，你明白吗？"

我想跟他说，我是你的女人，我想做你的女人，可是却怎么也说不出口。因为我很清楚，这样的话只会让天青更加暴跳如雷。

“我真的对你很失望！我不会让何归年得逞的，一定是他强迫你的！那个浑蛋，糟蹋了多少女人，现在居然连你也不放过。”

“天青，你不要冲动，你冷静一下，他没有强迫我，真的没有！”

“你骗谁呢？”

那以后，我跟何归年说，不许他来我家找我，如果需要我会去找他。

可是谁知道，17 日那天夜里，何归年喝得酩酊大醉，闯入我家。他嬉皮笑脸，对我又搂又抱，天青一气之下，抄起放在大堂里的铁锹，砸向何归年。何归年一声大喊，一摸头，满手是血。我赶紧拿纸巾擦拭他头上的血，拿纱布和胶带将他的伤口包上。可能是因为疼痛，他大发酒疯，将纱布撕下，扔到了地上，然后踉踉跄跄地离开了。

第二天早上，当我听说何归年死了，躺在花雨桥下，我先是愕然，再一想，开始慌张：“不会是天青那一击，让何归年跌到桥下，死了吧？”

“我去自首吧？”天青也陷入了慌乱。

“自什么首？跟你有什么关系？”

“万一是我那一击，让他失血过多……”

“你不许胡思乱想，更不能出去乱说，好好待着。他自己喝得烂醉，掉下去也是酒精惹的祸，跟你有什么关系？”

“我不想连累你。”

“跟我们都没有关系。”

我紧紧地握住天青的手，郑重其事地对他说：“天青，你看着我，看着我的眼睛，何归年的死和你无关，知道吗？是报应也好，是宿命也罢，都和你无关，和咱们无关。”

可是天青，却跟丢了魂似的，再也听不进去我的话。

很快的，关于何归年为什么会死、如何死的流言蜚语，漫天飞舞。

有的说，他是喝醉了，不小心踩空了，掉到桥下。他后脑有伤疤是因为他掉下去的时候，头撞到了河床的大石头上。

有的说，他是被人击中后脑勺，失血过多，行动失控，掉入水中。

还有的说，他是被谋杀后扔到桥下的。

除了这些，关于宋美璇与李英杰在丁俏丽的农家乐上演的轰轰烈烈的一幕，也被广泛传播。我才知道，李英杰原来是何归年的亲生儿子。

另外，有人看见，李英杰在何归年的尸体被发现后不久就去了派出所。

各种消息，各种猜测，如蚊蝇一样扑面而来，吵得我和天青心神不宁。

我不清楚李英杰究竟为什么去派出所，是以证人的身份，还是以嫌疑人的身份？如果是去举证，又会是去举证谁，莫非他看到了何归年当晚从我家走出？

各种疑问、各种担忧一直缠绕着我和天青，我每天都去花雨桥上的小佛堂里跪拜祷告，求菩萨保佑何归年的死和天青那一击毫无关系。天青更是陷入了深度恐慌，每日每夜睡不着觉。看着他一天天虚脱，我想说服他先回空城，可是他无论如何都不走。他说他不能让我一个人承受煎熬，只要是一有迹象表明，何归年的死和他那一击有关，他就马上去自首。

天青就是这样，处处为我着想，什么都愿意为我承担。我深信，如果有必要，他甚至会为我上刀山，下火海。

接下来的几天，我们接收不到任何消息。没有人来盘问，也没有人来传唤，好像李英杰在派出所里已经回答了警察所有的疑问，我和天青才算松了一口气。

直到有一天，天青接到子颜的电话，说两天后月白要来平顺古镇旅游，让天青无论如何要陪着月白。子颜并不知道当时天青已经在平顺古镇。

天青告诉子颜，他正在云南采风，两天后会去平顺古镇和月白汇合，子颜这才挂了电话。

一听说月白要来，天青更加坐立不安。我本以为，他会因此高兴，没想到，他成了热锅上的蚂蚁。

在我的追问之下，天青才告诉我他瞒了我许久的事实。

这十多年，他来照顾我并非受月白所托，月白甚至根本不知道他来找我。

12 年前，月白在平顺古镇经历了那场洪水，回到空城之后，辞去了画室的工作，在一家侦探社工作，如今已经成了空城大名鼎鼎的月白神探。月白不会平白无故来平顺古镇，他一定是来查案，而且也只有何归年的后台才可能请得动月白。

我终于明白，天青为什么如此慌乱，也开始暗暗下定决心，要救天青。

当我知道，天青对我这么多年的付出都是他心甘情愿，并非受月白所托的时候，我更加坚定了自己对他的爱，爱得山崩地裂，一往无前。为了天青，我可以肝脑涂地，可以粉身碎骨。

我和天青商量好，我继续假装失忆，为了不让月白和我纠缠太深，也为了混淆月白的视听，给他破案制造干扰。

不过，天青要我一再承诺，决不能伤害月白，一点皮毛都不行。

7

月白再次出现在我眼前的时候，有一个短暂的瞬间，我的心痛了。可这种痛很快就被我的理智和计划代替。

可是月白毕竟是月白，他那调皮捣蛋、胡搅蛮缠的一面总是时不时地将我拽进他的感性世界，使得我常常徘徊在感性与理性之间。

我不得不承认，在我面前，他依然是当年那个天真稚气、幽默纯粹的月白。只可惜，我早已不是当年的乔胭，我的灵魂找到了新的栖息地。天青是这个世界上除了我奶奶之外，最爱我的人。我绝不能让月白打乱了我解救天青的惊天大计。

我一直跟踪观察月白，随时准备见机行事。当看见他从宋美璇的家里走出来之后，我突然来了灵感，开始实施我的计划。

何归年死后，我去看招娣，发现招娣总是反复念着“烛台”两个字，而从月白和张处的手机对话中，我偷听到，何归年头上有两处击打伤，一处是被铁锹所击，另一处是被烛台所击。这让我想起来，宋美璇家正好有个漂亮的欧式烛台。于是，我大胆猜测，何归年被天青袭击的那个晚上，也一定在宋美璇家被击打过。

一想到何归年的生父位高权重，宋美璇又为何归年生了单传的儿子，再加上平顺古镇的各种黑暗，我就惶恐。就算他们确定烛台的击打伤才是何归年的致命伤，那么为了保住何归年的单传儿子李英杰，他们也一定会把罪名放在铁锹的击打者天青一个人身上，让天青承担所有的罪名。

正是这个担忧，为我接下来的行动提供了强大的精神动力。

那天夜里，我从我家的顶楼，翻过两家，到了宋美璇家的顶楼。

我用带来的工具拆下锁，悄悄地进门，蹑手蹑脚地走下楼梯，暗中观察宋美璇的动静，发现她总是趁楼下看灵堂的不注意，偷偷看手机。

我断定，那个手机一定是月白给她留下的。灵堂在他们家设了有十多天之久，他们百般虐待宋美璇，绝不可能给她留下手机。

我注意到宋美璇家并没有无线，移动和联通的信号也都被屏蔽了，不管输入什么文字，都不可能发出去。

于是，我躲在暗处，等她上厕所的时候，在她的茶杯里放入我事先准备好的毒药。

我等她口吐白沫，彻底断气之后，戴上手套，从U盘中，把事先写好的《宋美璇的自白书》，洋洋洒洒，好几千字，拷入她的手机当中。

我这么做的目的就是让月白和世人认为是宋美璇杀了何归年后畏罪自杀。或者，是李英杰杀了何归年，宋美璇只是替她儿子顶罪。

不管警察信了哪个，何归年的死都应该和天青无关了。

只是我所做的一切，天青都毫不知情。他不知道，我在设计宋美璇自白书的时候，泪如雨下；他更不知道，我在宋美璇的杯子里下毒，然后看着她挣扎死去的时候，心如刀割。

那天夜里，奶奶闯进了我的梦里，绝望地看着我。我也从未想过，我会为了一个男人，如此堕落，彻底迷失自我。

可我不后悔，救赎天青，是我这一生做的最有意义的事情。不管结果如何，我只求问心无愧。

我担心节外生枝，事态有变，又给宋美璇的死，编制了一个更峰回路转的故事。一不做二不休，既然我已经脏了手，不介意更脏一点。

要问我，在平顺古镇，谁是最合适的替死鬼，那一定是丁俏丽！

宋美璇死后的第二天，我一早就听见从桥风农家乐里传出的丁俏丽打骂服务员的声音。分贝之惊人，语言之污秽，简直令人发指。

女服务员肝肠寸断的哭声，更加坚定了我嫁祸给丁俏丽的决心。

于是，我从丁俏丽家偷出了她的耳坠和一本英文画册，将耳坠挂在宋美璇的裙摆上，我又从垃圾桶中找到残留着何归年血迹的纱布，将上面的血迹打湿后涂在画册头像的嘴唇上。我故意把画册拿给招娣。招娣最喜欢有图案的书，也喜欢在花雨桥上溜达。我断定，月白查案一定不会错过像招娣这样的特殊人群，只要月白遇上招娣，我的计划八九不离十就成了。

以我对招娣的了解，她不可能记得我的名字。

我将铁锹木质手柄的外层削去，确保天青留在手柄上的指纹完全消失，然后把铁锹埋入后院的花坛中……

我以为我做得天衣无缝，滴水不漏。直到那天，月白请我去他入住的宾馆喝冰酒，他去前台给音箱充电，随手将手机放在茶几上……

我偷看了他的手机，看到他和孙平的微信对话框里有一句话："杀死凶手的不是丁俏丽，而是另有其人。"我顿感五雷轰顶。

月白什么都知道了！

我所谓的天衣无缝，在月白那里，不过是雕虫小技。

月白从楼下回来，背对着我坐着。那一刻，我有一种冲动，想将他一刀刺死，反正他那句话还停留在编辑状态，并没有发送出去。

如果月白死了，就没有人知道真相了。

我从包里掏出刀，将刀尖对准月白的右侧腰部，可是我心跳得厉害，手不停地抖……踌躇了许久，我还是下不了手，我做不到……

我使劲按捺着内心的惶恐，收起刀，快步走出房间，走入昏暗狭长的过道。那过道阴森晦暗，像一个迷雾森林，其中处处是鬼魅，面目狰狞，张牙舞爪，伺机擒拿我血腥的魂魄。我寒毛直竖，胆战心惊，朝电梯口，疯狂跑去。

就在我从过道拐向电梯那一刻，恍惚中，我听到了一个铿锵的声音。

我如梦初醒，朝着声音传来的方向看去，原来那声音来自我的手腕。

我被扣上了手铐，手铐的另一头是一个穿着警服满脸坏笑的男人。

那时候，我才明白，从花雨桥到宾馆的每一个细节，每一个所谓的巧合都是月白处心积虑的设计。

那一刻，我觉得自己像极了一颗棋子，早就进了他的棋盘，任他摆布，却还以为自己可以海阔天空，逃之夭夭。

我昂着头，装出一副誓死不屈的样子，朝月白房间的方向抛去一个白眼。

我相信，月白那时正躲在拐角处，他一定看见了我的白眼，也一定知道，那白眼的深意……

第十七章　迷月

1

当乔胭再次出现在我面前的时候，我感觉自己的心要跳出胸膛，呼吸快停滞了。廊桥在艳阳中飘摇，溪水仿佛涌出了惊涛，时空发生了挪移，我误以为自己穿越回了12年前。

惊喜突如其来，夹杂着疑惑，如骇浪，颠覆着我曾坚定不移的认知。

“乔胭在12年前的洪水中已经失踪了！”

…………

当我再次感觉到她的呼吸，触及她的目光，探测到她的体温时，乔胭，我唯一深爱过的女人，又将我带回到12年前的年少轻狂。她让我枯竭许久的爱情起死回生，也让我挥之不去的愧疚自责顿时烟消云散。

我又变得像个孩子一样，喜欢和她没完没了地调皮捣蛋。我反复对自己说：乔胭回来了，我还有什么可仓皇？还有什么可绝望的？

她活生生地在光阴里再现，对我过去 12 年的煎熬是一种最好的回报。

那一刻，我仿佛面朝大海，遇见了春暖花开。

我深信，岁月即将静好，余生必是坦途。

虽然她不承认自己是乔胭，给自己编了一个听起来有点冷淡的名字，还说她得了失忆症，可是我从来不以为然。

我觉得，她看我的眼神，和 12 年前一模一样。

我依然爱她，也相信她依然爱我，我爱她多浓烈，她就应该爱我多癫狂。

这就是我江月白，在感情里，我总是习惯将自己的视角套用在别人身上。

虽然是到平顺古镇办案，可是因为有了乔胭和天青做伴，我总是满怀幸福和希望。

因为我深信，乔胭和天青，和我一样，也享受着和我在一起的美好时光。

2

我喜欢查案，喜欢假装自己是一个神探。

虽然我离神探还有很远的距离，可是一到犯罪现场，我就仿佛生出了幻想的翅膀。通过各种蛛丝马迹，我可以钻进凶手的脑袋，去探究他作案时的所思所想。

那次洪水之后，因为失去了乔胭，我对所有的艺术家和艺术产生了莫名的厌恶。只要一提艺术家，我就觉得反胃；一说到艺术，乔胭漂在湍急河水之上的画板就会莫名地出现在我的脑海里，搅动我的神经。

从那时开始，我就知道，我再也没有勇气画画了。

于是，我离开了画室，成了一名侦探。

都说数学家与诗人高度对称，艺术家和侦探又何尝不是呢?

艺术细胞给我的敏锐、颠覆和果敢，总让我在破解疑难奇案的时候有更多的灵感，让我在侦探界出类拔萃。

可是偏偏，平顺古镇这个案件太离奇，让我无法按照套路出牌。何归年的死让我这个所谓的空城神探，陷入了深度彷徨。我遇到了前所未有的挑战。

他头上的两处击打伤，究竟是谁留下的？他又是如何坠亡的？是自己跳下去的，还是被人推下去的？

古镇的监控系统根本没有启动，街上的摄像头都是些无用的空壳，和玩具无异，加上何归年地头蛇的特殊身份，就算有人目睹他被袭击，就算有人明明知道凶手是谁，也可能将凶手当作英雄包庇起来。于是，寻找人证物证，就如大海捞针。

这纷繁复杂的一切本来就已经让我头脑发胀，思绪凌乱，可又偏偏跑出来一个李英杰，一个刚知道生父是谁，又很快成了杀害生父嫌疑人的青少年。

李英杰大方地承认，他确实用烛台击打过何归年的后脑勺，却无半点悔意。

他一直重复一句话：“我来自首是因为我敢做敢当。何归年是个恶霸，本来就死有余辜，杀死他的明明可以被称为英雄，为什么不但得不到褒奖，还要被法办?”

当我们把他母亲宋美璇“自杀”的消息告诉他的时候，他强装的刚强和不屈终于坍塌了，他眉头紧锁，捶胸顿足，泪如雨下。

“妈妈，你怎么可以？你不是一直都说，做人要顶天立地吗？怎么突然屈服了？妈妈，你太让我失望了。妈妈，你让我以后怎么面对我自己？要我背负着沉重和内疚过一辈子吗？我不需要你的牺牲，不需要！不，不对，我妈妈不可能自杀的，她一定是被人害死的。你们一定要找出杀害我妈妈的凶手。”

“你为什么觉得你母亲是被害的?”

“我母亲最鄙视的就是意志薄弱、容易屈服的人。我从记事开始，她就给我灌输一种思想——轻易放弃自己的人，最为可怜，最为可悲。”

“可是，当一个母亲面对处于困境中的孩子的时候，往往会颠覆自己原有的三观。”

“不会的，别人我不知道，我妈妈一定不会。一定是有人杀了她并制造了她自杀的假象。”

从灰心槁形到洞若观火，李英杰情绪转变之快，让我很是震惊。

他很快就从失去母亲的悲痛中走出，下定决心必为母平冤。

宋美璇顶层门锁被拆卸的痕迹和李英杰的这一番话，更加深了我对宋美璇畏罪自杀的质疑。

于是，我打破常规思维，更加细致地调查，发现丁俏丽有重大作案嫌疑。

不管是挂在宋美璇裙摆上的属于丁俏丽的耳坠，Yi Chen 画册上何归年的血迹，还是从丁俏丽家搜出的铁锹，都在暗示，丁俏丽很可能才是杀害何归年和宋美璇的真凶。

那张夹在何归年书房中 Yi Chen 画册里的欠条，也给了丁俏丽足够的动机杀死何归年。为了还债，丁俏丽只能坏事做尽，唯有杀了何归年，她才能救赎自己，也救赎镇上的女人。

可出现在何归年书房的红黑色画像，却让我不得不开始有了新的怀疑。

虽然我一万个不愿意承认，可那个头像确实是乔胭的画作。为什么乔胭的画作会莫名其妙地出现在何归年的秘密书房里？

于是，我又把物证翻来覆去地观察，发现了一个惊人的秘密。

可也正是这一次发现，将我美好的向往彻底打破了。

我用放大镜观察，发现铁锹底部刻着“永庆”二字，一调查才知道，这个铁锹是乔胭奶奶 20 年前从镇上的古董收藏家老李处买的，全镇绝无仅有。

于是我开始相信，招娣说的“qiáo”不是“桥”而是“乔”。

画册是乔胭故意给她的。

乔胭算准了我查案，一定不会错过招娣这样有独特视角的人，她也算准了招娣是个傻女，一定连她叫什么名字都不知道。

接着，我又将宋美璇的自白书反复读了读，发现其中的表达方式和遣词造句，像极了乔胭的风格。

至此，我基本上可以断定，杀死宋美璇的不是丁俏丽，而是我的爱人，我唯一深爱过的女人，乔胭。

我心如刀绞，却欲哭无泪。造化弄人，我却无计可施。

我可以包庇乔胭，只要我不说，不会有人知道她是凶手。可是如果我不说，我又如何对得起侦探这个名号，如何承受良心的谴责？

作为一名侦探，只有将她亲手送入大牢，才对得起死者的尊严和死者家属的信赖。

而作为乔胭的爱人，只有让她懂得忏悔，才对得起我给她的爱。

只是，在把她交给警察之前，我还有一个愿望。

我想知道，如今的她是否依然爱我。

我要在她戴上手铐之前，得到答案。

3

那是和乔胭最后一次相约在花雨桥上。

那天的她化了浓妆，穿着一件红黑色的露肩长裙，看起来和往常不太一样。

她的唇色暗沉，眉毛浓黑，像是为了故意搭配长裙的颜色，又像是为了故意迎合当时压抑的情境。

那时候，我突然觉得，她根本不是乔胭。她的眼角刻满了皱纹，嘴角耷拉着，彻底没有了浅笑。她的眼神不再清澈，其中满是忧伤和无奈，还带着几分压抑的幽怨。

我恨自己发现得太晚，把一切想得理所当然。如果，如果在宋美璇死之前，就发现乔胭的不同，发现她的无奈，也许乔胭就不会走上不归之路。我恨自己，只管沉浸在自己的认知中，忘了探究她真实的内心。

在桥上那一段时光，我已经没有了伪装的能力，残酷的现实已经将我压垮，站在上面的每一秒钟，我都有跳下桥去的冲动。

如果可以让我代乔胭受过，我一定心甘情愿，肝脑涂地。

可是这个世界上，没有谁真的可以代谁受过，因为谁都欺骗不了自己的内心。

任何一种牺牲，本质上都是一种精神控制，而我着实不忍对乔胭进行这样的控制。

在宾馆的房间里，当我背对着她，从眼角的余光里，看见刀尖的时候，我彻底绝望，那一幕也验证了我“她是杀害宋美璇的凶手”的猜测。

那时候，我多么渴望她一刀刺向我，刺得我鲜血四溅，痛不欲生，只要那一刺能够化解我此生给她造成的痛，给她留下的恨……

可当她因为不忍心对我下手，将刀收起的时候，我断定得到了我想要的答案，她也被绳之以法了。

我承认我是自私的，从花雨桥到宾馆的一切，都是我一手策划的。

我处心积虑，不过就是想要知道，她是否依然爱我。

她爱我这个事实对我来说，大过一切。

可是，当她被铐上手铐，给我白眼的时候，我才明白，她会不会对我下手和她爱不爱我其实并没有本质关系。

我在她的白眼中看到了比恨更可怕的东西，是鄙视，深深的鄙视。

只是在我含泪读完天青的自白书以后，我才更加明白这种鄙视的含义。

乔胭被扣上手铐不出一个小时，天青就打来电话："月白，你放了乔胭，是我干的！跟她没有关系！"

"天青，你说什么？什么是你干的？"

"是我，是我打死了何归年！"

"天青，你在哪里？我去找你！"

"嘟嘟嘟——"

电话断了，我飞速跑到天青房间的门外，使劲砸门。

我还去了花雨桥，但也没有见到天青的影子。

直到第三天，我接到子颜的电话："月白，表哥他，他去了！"

天青自尽了……

第十八章　纯青

1

我是天青，是月白的好哥们儿。

12 年前，一个夏天的晚上，在姑妈家，我坐在黄花梨木凳上，和表妹子颜开心地聊着关于月白的各种趣事，直到电话铃声打破了气氛。

“阿姨，你怎么打来电话了？月白已经好几天没主动给我打电话了。我给他打过去，他还爱搭不理的。”子颜噘着嘴，和电话另一头的人撒起了娇。

看样子，电话是月白的母亲打过来的。

不知道月白的母亲回了一句什么话，子颜顿时脸色大变。她一挂断电话，就慌慌张张地跑了出去，说是要去售票点买到平顺古镇的火车票。

我和姑妈面面相觑，不知道发生了什么。

直到子颜回来对我们说，月白的母亲打电话给她，说月白在平顺古镇遇到了一个年轻漂亮的女子，还是个画画的。她怕月白年轻不懂事，做出对不起子颜的事情，让子颜快些赶去平顺古镇。

子颜第二天就坐火车赶往平顺古镇。

我对子颜的过激反应有些不解，毕竟我了解月白。他身边确实总是围满了女孩，可是，能让月白动心的却寥寥无几。月白很挑，挑的不是外表，而是精神内涵。挑的不是肉体，而是灵魂。人人都以为他是个花花公子，可我知道他不是，他只是博爱而已。他善待周遭，哪怕牺牲自己，也要给人欢笑与温暖。可也正是这样，他总给人留下轻佻花心的印象。

他说他希望自己是太阳，可以普照大地，也希望自己是雨露，能够润泽四方。可他常常忘了，他是人，是个普通人，是肉体凡胎……

当我听说月白可能爱上了另一个女子的时候，我觉得，要么是月白的母亲小题大做，毕竟子颜和月白两小无猜，两家又是世交，月白的母亲定是不希望节外生枝。要么就是这个女孩实在足够特别，和月白有了灵魂之交。

子颜到平顺古镇的第四天，姑妈就给我打电话说："平顺古镇发大水了，冲毁了桥，还夺走了三条人命。"

"子颜和月白没事吧？"

"他俩没事，好像那个姑娘被冲走了。"

"哪个姑娘？"

"就是月白在平顺古镇遇上的那位。"

"什么，不会吧，怎么会这样？"

"我也不敢相信，怎么就？等他俩回来问问就清楚了。"

"他俩要回来了？"

我百思不得其解，如果那个女孩真的被冲走了，月白应该留下来寻找她的遗体啊，怎么可能这么快就撇下她不管呢？这不像月白的作风啊！可我一细想，以月白的脆弱敏感，他伤心过度，无法直面这样的打击，选择逃避也是很有可能的。

再一想，如果女孩的逝去和月白有关，他定是陷入了深度自责，誓要将自己包裹起来，从此与世隔绝。

我开始担心月白，仿佛已经看到了他的泪眼。

月白爱哭，常常哭起来梨花带雨，呜呜咽咽，跟个女人一样。他最经不起感动，别人为他付出一点皮毛，他就感激涕零。

月白有太多朋友，男的，女的，老的，少的，谁都喜欢他，他也谁都喜欢。

他的为人看起来圆通。但只有我知道，这圆通的背后，是孤独，是寂寥。

月白像垂挂的柳条，总是一副云淡风轻的调调。

更像一座风雨桥，为他人挡风遮雨，自己却孤独默立。

他把柔软给了别人，留给自己的都是仓皇。

这个人间，懂他的人太少，我是其中之一，因此，我常常感到无比骄傲。

我懂月白，就像懂我自己一样。

2

那则新闻报道里，对三个失踪人口并没有公布姓名，也没有照片。新闻里只是说，其中一位失踪者是个年轻美丽的女画家，常年在花雨桥上写生。

以我新闻系出身的敏锐，我对这个新闻的严谨性产生了深深的质疑。

我托朋友去调查，竟然发现，有人通过关系对新闻动了手脚，平添了一个失踪者。

我这才反应过来，我姑妈是电视台台长……

他们蛇鼠一窝，沆瀣一气，就是为了让月白相信那个女孩已死，断了继续找她的念头。

对于他们的行径，我很是愤怒。可一边是我的好哥们儿，一边是我的亲人，我谁也不能辜负，只能是哑巴吃黄连。

我唯一能做的就是找到这个女子，对她进行补偿，替我的这些至亲至爱们赎罪。

于是我到了平顺古镇，找到了乔胭。找到乔胭很容易，不过是找三五个人一通打听的事。可就是这么简单的事儿，却因为月白的胆怯，变得复杂而狗血。

一年四季，我季季都来平顺古镇，因为我喜欢平顺，喜欢这里古色古香的建筑，喜欢小桥流水、瀑布垂挂，喜欢公路盘山、百花盛放。我也喜欢乔胭，她是俗世里的一片净土，稀缺而可贵。

与其说是我在帮助她，不如说我们是互相陪伴，互相成全，互相珍惜。

她在我的心目中，成了一个不可或缺的亲人，可在她的概念里，我却成了一个可以信赖依靠的爱人。我知道，因为越来越频繁的相处和越来越深入的了解，我已经渐渐取代了月白在她心目中的位置。

这是我从来没有想过的，也是最不应该发生的。

每当她问我为什么不碰她的时候，我总是十分痛苦，万分纠结。我说因为她是月白的女人。可谁都知道，这个理由实在不够充分。

可是，难道我要告诉她，我不碰她还有一个更深层次的原因，那就是，我根本不爱女人？

我也想过和她挑明，又担心她会觉得被我深深地欺骗、捉弄了。我怕她爱我，可我更怕她恨我。如果恨，她一定会恨之入骨。

于是，我除了要和她保持足够远的肉体的距离，还要时常躲避她的提问。在一次次被冷落之后，有一天，我竟然发现她与何归年苟且上了。

我并不是不理解她的需求，我只是无法接受，她和一个恶霸上床。

她在我的心目中是高级的，是骄傲的，可我万万没想到，她竟然如此轻易地对情欲妥协了。

那时候，我才明白，女人如果肉体没有得到满足，就算精神世界再富足，她们也会像发情的夜猫一样，迷乱抓狂。

我不禁庆幸，自己爱的不是女人。

我虽对乔胭没有肉体的冲动，可当我看见何归年的黑手伸向她的时候，我还是怒火中烧，好像有人玷污了我的宝贝女儿一样。

于是，我抄起铁锹，砸向了他，不顾一切，忘了恐惧，不计后果。

谁知道，第二天，何归年死了，尸体安静地躺在花雨桥下。

我夜不能寐，食不知味，陷入了深度恐惧，因为我真的害怕是我那一铁锹击中了他的要害，导致他跌入河中，狼狈死去。

我承认我恨何归年，可是我并没有想过要置他于死地。

当我听说月白要来平顺古镇的时候，我知道，我和月白之间的美好将不可避免地蒙上阴影。可是不管结果如何，我绝不会伤害他，也绝不允许任何人伤害他。为了不让他因查案太苦恼，我甚至想早点去自首。

我看不得月白发愁，写在他脸上的忧愁，最终都会刻在我的心头。可乔胭就是不允许我去自首，她一再强调，何归年的死和我无关，我那一击不算太重，不可能致命。

每当乔胭紧握着我的手，泪眼迷蒙地对我说，她不能没有我的时候，我便踌躇了。我不怕坐牢，我只是害怕从此看不到我爱的他们；我不怕死亡，我只是害怕离别。

我无法想象，在冰冷的高墙里，见不到月白，见不到乔胭，茕茕孑立的情景。

于是，我假装信了乔胭的话。

听说宋美璇畏罪自杀，我长舒了一口气，感觉自己已经快要脱离苦海了，感觉结局要皆大欢喜了。

直到乔胭被捕，我才知道，宋美璇不是自杀的……

乔胭，她怎么会这么傻？怎么可以为了一个不爱她的男人无辜牺牲？

我知道我是浑蛋，对于这样一个如此深爱我的女人，我楚天青，却没有办法让自己爱上她。

可我就是我，是颜色不一样的烟火……

在乔胭被捕之后，我选择了死亡，不再是为了拯救谁，也不再为谁赎罪。这一次，我是真的为了自己，为自己求得灵魂的安息。

在死之前，我给月白写了一封迟到的情书，也只有在我决定死的那一刻，我才有了动笔的勇气。

月白：

当你看到这封信的时候，我应该已经在黄泉路上了。我不知道自己的黄泉路究竟是通往地狱，还是天堂。可是不管怎样，我都不再留恋尘世的人来人往。

我一直以为，自己是个好人，彻头彻尾，毋庸置疑。我也十分享受好人这个头衔带来的光环与夸赞。

可现在看来，好人真的难做。我以为自己做的都是对的，到头来也不过是一厢情愿。

是我把乔胭推向了命运的深渊，我以为我是来解救她的，临了了，才知道，我是来毁灭她的。而最可怕的是，如果时光倒流，我也依然会重蹈覆辙。因为在那个当下，我不能左右自己，我别无选择。

对于乔胭，我满是亏欠，我对她所有的好都是基于我对你的爱。

我爱屋及乌，爱你爱的一切，包括你爱的女人。

可是对于你，月白，我的爱人，请允许我第一次，也是最后一次这么称呼你。对于你，我问心无愧。

你的喜怒哀乐，仿佛是我生命的全部。

于是，你爱乔胭，我也跟着你爱她。

你爱山水，我也跟着你纵情山水。

我知道我天生与你不同，所以，我从未奢求可以与你相依相守。我让你自由地做你自己，纵容你所有的调皮，也宽恕你所有的爱恨。

这20多年，对我来说，已经足够。

不求你懂我，我只想让你知道，一个男人，曾经如此深深地爱过你！

我爱你，并不耻辱。

试问人世间，哪种爱，不是骄傲的存在？

第十九章　归年

1

我是何归年。

关于我的身世，我已不想多说。

我想你们都知道，我是一个私生子，是一个孤独者。

我生来就是一个悲剧，一个笑话。

可那又如何？谁能选择自己的出身？

既然不是我选择的，你们又有什么理由怪罪我？

在这本书里，我有太多身份，私生子，恶霸，地头蛇，色棍，何老大，死者，等等。可我最喜欢的还是“死者”这个身份，因为它给我带来了前所未有的宁静。当我沉重的肉身漂在花雨桥下的河面上时，我的灵魂却飘在半空中，那么轻盈，那么自由，那么灵动！虽然我很清楚，那种美好可能只是短暂的……

还有一个身份，是我第二喜欢的，那就是父亲。

虽然成为李英杰的父亲仅仅几个小时后，我就一命呜呼了，可父亲这个头衔，让我觉得死了也值得。

做英杰的父亲并非我的选择，可他却明明长成了我最欣赏的样子。他为了保护自己的母亲出手对抗恶势力，他为了让母亲免于牢狱之灾去自首。他的果敢，他的睿智，样样都是我最缺乏的，也是我最希望我的儿子能够具备的。

我多么希望，自己也有一个母亲，让我拼命去保护，去为她牺牲，为她流泪。可惜，我连母亲的面都没有见过，我只能在暗夜里，幻想她美丽雍容的样子。

我知道，英杰他恨我，他一定不愿意成为我的孩子。他也想拥有选择自己父亲的权利，就像我多么希望我的父亲是个普通人，是个我想见就可以见到的身边人。是我，让英杰的向往破灭，是我让何家的悲剧重演。

但是，如果英杰能听到，我想对他说：孩子，所有的恨都无补于事，对这个世界所有的怨怒都会反过来，作用在你自己的身上，折磨得你遍体鳞伤。就像我，一个在怨恨深渊中长大的孩子，对周遭所有的抵抗都变成了对自己无尽的践踏。我本以为折磨别人可以让自己好受，可事实上，每一次对别人的打压，都变成一道自我否定、自我鄙视的疤，刻在本已伤痕累累的心房上。那些疤不会真的愈合，随时会跑出来作福作威，让我痛不欲生。

所以，孩子，放下吧，放下怨怒，放下仇恨，放飞心灵，成就快乐的自己。

还好，我爱上了看书。

我看书不是为了黄金屋，也不为颜如玉，我只想在一阵狂乱的情绪糟粕以后，有一种让自己安静下来的方式，只是想在深度自责愧疚之后，在文字里忏悔、救赎自己。

如果说，这个世界上，有一种获得让我觉得自己幸运的话，那就是我的阅读习惯，那也是我唯一的幸运。

2

关于爱情。

当我提到“爱情”这个词的时候，我想，你们一定在偷偷地嘲笑我：爱情，呵呵，岂是一个恶霸淫棍会懂的？你有什么资格谈爱情？“爱情”这个词从你的口中说出，本身就是对爱情的亵渎。

可是，我真的也懂爱情，我只是不想承认，也不愿接受“我懂爱情”这个无厘头的天真的事实。因为我总觉得，爱情是我悲剧命运的罪魁祸首。如果当年，我痴情的母亲没有爱上我心狠的父亲，就不会有悲催的我降生在这个蹉跎人间。

正因为如此，我明明爱着宋美璇，却在得到她的初夜之后，拱手将她让给了我的表弟，因为我实在怕极了，怕我的孩子重蹈我人生的覆辙。

可是，爱是隐藏不住的。宋美璇结婚后，我发现，我对她的爱和思念愈加浓烈，于是我又千方百计，处心积虑，想将她占为已有。虽然我知道，从她醒来看见枕边躺着何辉煌那一刻开始，就必然会恨我。我没想到的是，她对我的恨已经深刻到没有回头的余地。她恨我恨得深入骨髓。

你们都觉得，我用尽手段，只想征服她，其实，我只是不知道如何爱她，接近她。

我也明白，她对我的绝不屈尊，正是因为她也爱我。

在这样的虐恋中，两个相爱的人终于渐渐成了水火不容的仇人。也正是这样的虐恋，让我和她成了这个故事里让人啼笑皆非的悲剧角色。

宋美璇是我这一生唯一真爱过的女人。

女人有好多种，有的只过你的眼，有的刻入你的心。

还有的，会钻入你的骨髓，让你骚动却变得无能。

丁俏丽是第一种，人都以为，她是我的真爱。事实上，我和她只是各取所需，貌合神离。宋美璇是第三种，让你欲罢不能却真的无可奈何。

而乔胭是第二种。

女主爬上恶棍的床，这是多么让人绝望的情节。

可谁能理解，只有和乔胭在一起，我才觉得自己是高级的。因为只有她真的看得懂我，也只有她能够体会我的喜怒哀乐、酸甜苦辣咸。只有在她的怀里，我才能像个孩子一样，尽情地哭泣。

所以，野百合也有春天，地头蛇也有爱情。

至于那些女人身上的疤痕，我真的不知情，我只知道每一个丁俏丽带来的女人身上都有那样的疤。

我问她是怎么回事。

她说："只有做上记号，才能对账。"

我说："都是女人，你怎么这么狠心，女人何苦为难女人?"

她说："如果我不为难她们，她们就该为难我了!"

我说的没错吧，心狠手辣的女人，只能拿来利用。

3

关于死亡。

你们一定很想知道，我究竟是怎么死的，又是如何掉入河中的。

你们一直等着风流倜傥的月白大侦探揭露真相，可是我告诉你们，他不是神，他也不可能知道全部的真相。

他不仅不知道我是怎么掉下桥去的，他也不知道我头上的那两处伤，究竟是哪一个夺去了我的性命。

在乔胭家，有人给了我当头一击，到了宋美璇那里，我的儿子英杰又给了我当头一击，可这两次击打都没能真的让我死去。

真正夺走我性命的是我的母亲。

从宋美璇那里出来后，我昏昏沉沉地走上花雨桥，坐在美人靠上。

我哭了，泪雨倾盆，呕心抽肠。

直到一个穿白衣服的女人缓缓向我走来，坐在我的身旁。

她温柔地对我说："归年，我是你妈妈，我是来救你的，我知道，你过得苦。跟我走吧，跟我到另一个世界，那里没有哀伤，没有悲剧。"

"妈妈，妈妈！……"

我把我的小手放入女人的大手中，跟着她，走到桥边。

她说："跳下去吧，跳下桥去，所有的烦恼，所有的痛苦，将瞬间结束，然后，你就可以和妈妈一起，享受平静与快乐。"

于是，迷迷糊糊中，我展开了双臂，纵身一跃……

你们以为，你们等待的真相终会到来，可我告诉你们：这个世上有太多问题，永远没有答案。

尾声

1

探监室里。

月白："你恨我吗？"

乔胭："以前恨，现在不恨了！"

月白："为什么？"

乔胭："天青死了，所有的爱恨都已无用！"

月白："对不起！"

乔胭："他爱的是你……"

月白："爱本无罪，有罪的是人。"

"人本无罪，因爱生祟。"乔胭说完，头也不回地走出了探监室。

坐在冰凉的铁凳子上，月白冷得发颤，看着乔胭灰绿色的囚服迅速消失在瞳孔中，他才知，她与他早已无关。

2

"招娣，告诉我，为什么要把何归年推下桥？"

“因为我恨他!”

“你为什么恨他?”

“他……他……他强奸了我妈妈。”

“那你为什么杀了你妈妈?”

“她……她……允许何归年对我做……做那样的事!”

“什么样的事?”

“你们别再问了！你们有没有人性?”

“那你为什么又指引我们找到你妈妈?”

“因为何归年死了！他是我活着的唯一理由，他死了，一切就该结束了！我再也没有活下去的动力了……”